転生した大聖女は、聖女であることをひた隠す 9

十夜

Illustration chibi

あらすじ

伝説の大聖女であった前世と、聖女の力を隠しながら、
騎士として奮闘するフィーア。

しかしながら、隠そうとしても隠しきれない聖女の能力の片鱗や、
その言動により、騎士や騎士団長たちに影響を与え、
気付けば彼らはフィーアのもとに集まってくるのであった。

サヴィスの婚姻についての話を聞いたフィーアは、
お祝いで最高の出し物をするため道化師たちに弟子入りを決める。

道化師としての「プチ修行」を提案したセルリアンにより
聖女の扮装をして街に繰り出しパフォーマンスをすることに！？

その後、成り行きで伯爵令嬢であり聖女でもある少女の病気を
治癒したことをきっかけとして、
ロイドの妹でありセルリアンの婚約者でもある少女、
コレットにまつわる秘密を打ち明けられるのだった。

ナーヴ王国黒竜騎士団

総長 サヴィス・ナーヴ

	騎士団長	副団長	団員
第一騎士団（王族警護）	シリル・サザランド		フィーア・ルード、ファビアン・ワイナー
第二騎士団（王城警備）	デズモンド・ローナン		
第三魔導騎士団（魔導士集団）	イーノック		
第四魔物騎士団（魔物使い集団）	クェンティン・アガター	ギディオン・オークス	
第五騎士団（王都警備）	クラリッサ・アバネシー		
第六騎士団（魔物討伐、王都付近）	ザカリー・タウンゼント	ガイ	
第七騎士団（魔物討伐、北方）			
第八騎士団（魔物討伐、東方）			
第九騎士団（魔物討伐、南方）			
第十騎士団（魔物討伐、西方）			
第十一騎士団（国境警備、北端）	ガイ・オズバーン		オリア・ルード
第十二騎士団（国境警備、東端）			
第十三騎士団（国境警備、南端）	カーティス・バニスター	コーディ	
第十四騎士団（国境警備、西端）		ドルフ・ルード	
第十五騎士団（国境警備）			
第十六騎士団（国境警備）			
第十七騎士団（国境警備）			
第十八騎士団（国境警備）			
第十九騎士団（国境警備）			
第二十騎士団（国境警備）			

ナーヴ王国王城関係図

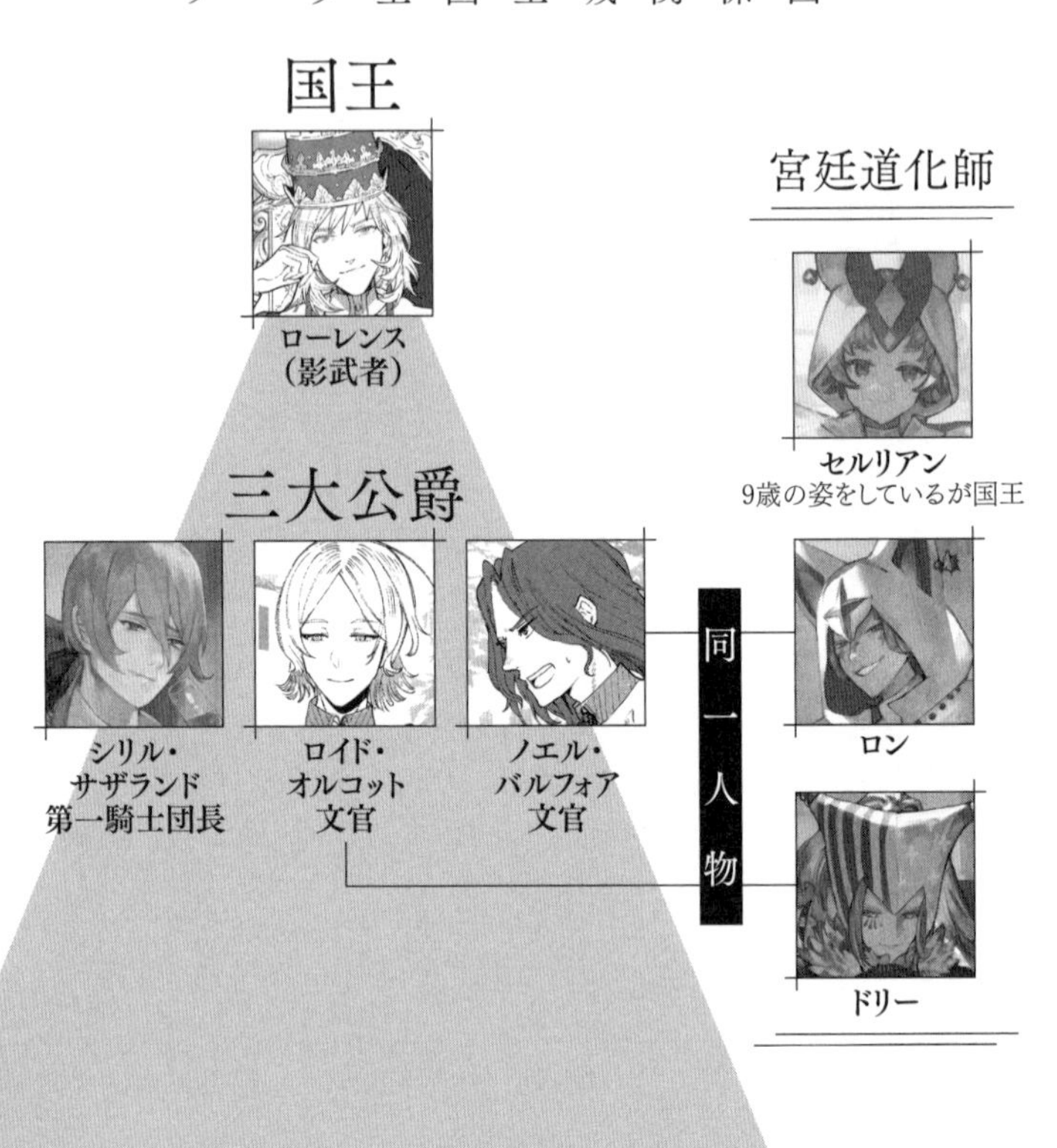
国王
ローレンス
（影武者）
宮廷道化師
セルリアン
9歳の姿をしているが国王
三大公爵
シリル・
サザランド
第一騎士団長
ロイド・
オルコット
文官
ノエル・
バルフォア
文官
同一人物
ロン
ドリー

騎士団表
（300年前）

ナーヴ王国騎士団

騎士団総長	ウェズン
第二騎士団長（王城警備）	ハダル・ボノーニ
第三魔導騎士団長（魔導士集団）	ツィー・ブランド
第五騎士団長（王都警備）	アルナイル・カランドラ
第六騎士団長（魔物討伐、王都付近）	エルナト・カファロ

赤盾近衛騎士団

団長	シリウス・ユリシーズ
団員	シェアト・ノールズ
護衛騎士	カノープス・ブラジェイ

ナーヴ王国王家家系図
（300年前）

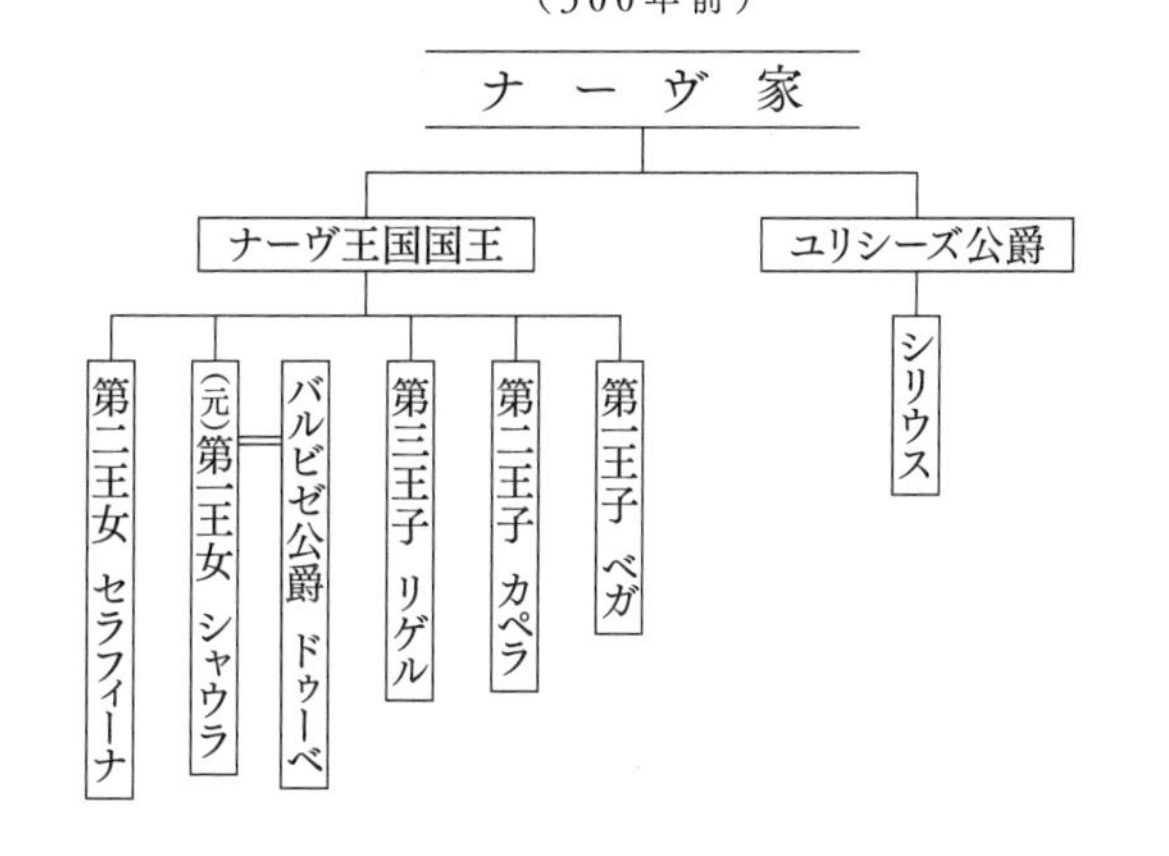

登場人物紹介

フィーア・ルード

ルード騎士家の末子。
前世は王女で大聖女。
聖女の力を隠して騎士になるが…。

ザビリア

フィーアの従魔。
世界で一頭の黒竜。
大陸における
三大魔獣の一角。

サヴィス・ナーヴ

ナーヴ王国
黒竜騎士団総長。
王弟で
王位継承権第一位。

シリル・サザランド

第一騎士団長。
筆頭公爵家の当主で
王位継承権第二位。
「王国の竜」の二つ名を
持つ。剣の腕は騎士団一。

デズモンド・ローナン

第二騎士団長
兼憲兵司令官。
伯爵家当主。
「王国の虎」の二つ名がある。
皮肉屋のハードワーカー。

イーノック

第三魔導騎士団長。
寡黙だが、
魔法に関する話題では
饒舌になる。

クェンティン・アガター

第四魔物騎士団長。
相対する者の
エネルギーが見える。
フィーアとザビリアを
崇拝している。

クラリッサ・アバネシー

第五騎士団長。
王都の警備を総括する、
華やかな雰囲気の
女性騎士団長。

ザカリー・タウンゼント

第六騎士団長。
部下からの人気は絶大。
男気があって、
面倒見がよい。

カーティス・バニスター

第十三騎士団長で
ありながら、職位は
そのままに第一騎士団の
業務を遂行中。
前世は“青騎士”カノープス。

ファビアン・ワイナー

フィーアの同僚騎士。
侯爵家嫡子の
爽やか美青年。

ドリー(ロイド・オルコット)

宮廷道化師。
その正体は三大公爵の一人、
ロイド・オルコット公爵。

ロン(ノエル・バルフォア)

宮廷道化師。
その正体は三大公爵の一人、
ノエル・バルフォア公爵。

セルリアン

宮廷道化師。
その正体はナーヴ王国
国王ローレンス。

シャーロット

フィーアが友人になった
幼い聖女。

プリシラ

ロイドの養女であり、
優秀な聖女でもある
気の強い少女。

３００年前

セラフィーナ・ナーヴ

フィーアの前世。
ナーヴ王国の第二王女。
世界で唯一の“大聖女”。

シリウス・ユリシーズ

300年前に王国最強と
言われていた騎士。
近衛騎士団長を務める、
銀髪白銀眼の美丈夫。

アルテアガ帝国
300年前
帝国
王国
290年前（カストル大帝国時代）
帝国
王国

霊峰黒嶽
ガザード
騎士団砦
ギザ峡谷
Sea
中級者用の森
ルード騎士領
ディタール聖国
星降の森
セト海岸
（セト離宮）
ナーヴ王国
王都
スクルノ王国
N
サザランド
昔の離島

CONTENTS

The Great Saint who was
incarnated hides being a holy girl

50　肉ツアー

「フィーア、教会が今朝一番に、筆頭聖女の選定会を実施する旨の布告を出したんだが、その話は聞いたか？」

食堂で朝食を取っていると、久しぶりにデズモンド団長が現れた。

ちょうど好物の白パンを手に持っていた私は、笑顔で答える。

「いいえ、聞いていません！」

昨日の夜、ロイドから予定として聞かされてはいたけれど、実際に布告が出されたことは初めて聞いた。

そのため、素直に知らないと答えると、デズモンド団長は渋い表情を浮かべて私の前に座ってきた。

「ええと、デズモンド団長、お気付きではないかもしれませんが、ここは一般騎士用の食堂です。騎士団長専用の食堂は向こうですよ」

当然の顔をして私の前に座っているデズモンド団長に対し、とっても有効な情報を提供したというのに、団長は私の言葉が聞こえなかったかのように椅子から動かなかった。

それどころか、無言のまま手を伸ばしてくると、私のトレーに残っていた白パンを手に取る。

「あっ、ドロボー！　騎士団長でありながら一般騎士用の食堂に来ただけでなく、新人騎士からパンを盗むなんて！」

抗議の声を上げたけれど、デズモンド団長はさらに私のトレーからオレンジジュースを取ると、疲れ切った声を出した。

「フィーア、教会が勝手なことをしやがるから、オレは昨日からほとんど寝ていない。かわいそうだと思ってパンとジュースを恵んでくれ」

「えっ、それは大変でしたね！」

そう答えながらも、パンとジュースは取り放題なのだから、自分で取ってくればいいんじゃないかしらと考える。

けれど、すぐにデズモンド団長はビュッフェテーブルまで歩いて行けないほど疲れているのかもしれないと思い直し、ちょっと考えた後、1人1個と決められているお肉の皿を差し出した。

「デズモンド団長、お肉を食べると元気が出ますよ！」

すると、デズモンド団長は出てもいない涙を拭う振りをした。

「フィーア、お前は優しいな。お前が女性でなければ、この瞬間にぐらりとよろめいたかもしれないぞ。いや、だからと言って、オレは男性が好きなわけでもないのだが」

そう言いながら団長はお肉を片手で摑むと、豪快にガブリと噛みつく。

うん、大丈夫そうね。こんな風に勢いよく食べられるなら元気だわ。

そう考えている間に、デズモンド団長はお肉を骨だけにし、パンとジュースも平らげてしまった。

それから、食べ物をお腹に入れたことで少し落ち着いたのか、椅子の背もたれにゆったりと背中をあずけると、私を見つめてきた。

「フィーア、近々、ディタール聖国に肉料理を食べに行く約束をしていたよな。あれが少し延期になりそうなので、伝えに来たんだ」

「まあ、そうなんですね」

デズモンド団長に返事をしながら、そう言えばそんな約束をしていたわねと、私は約束をした時のことを思い浮かべた。

1週間ほど前、城内の庭で薬草を摘んでいたところ、デズモンド団長がふらりとやって来た。
「フィーア、また草摘みか？　お前はもしかして給金が足りていないのか？　だから、月末になると草を食い始めるんじゃないのか？」
どうやら、しょっちゅう薬草摘みをしている私を見て、草を食用にしていると考えたようだ。

これは緑の回復薬の泉に投げ込むために集めているのであって、食べるために集めているわけじゃないんだけどな。

それに、城内には騎士専用の食堂があるから、そこに行けば私はいくらでも食べられるし、草を食べるほど飢えるはずないんだけどな、と思いながらじろりと睨むと、デズモンド団長は薄っぺらい笑みを浮かべていた。

その表情を見て、これは何かよからぬことを企んでいるわね、とピンときた私は用心深い表情を浮かべたけれど、デズモンド団長が口にしたのは異国の料理についてだった。

「フィーア、知っているか？　ディタール聖国にはすっげー旨い肉料理があるらしいぞ！」

ちょうど小腹が空いていたこともあって、私は警戒心を忘れて質問する。

「えっ、どんな肉料理なんですか？」

「そりゃーもちろん、焼き肉と揚げ肉と蒸し肉だ！　あの国にしか棲まない固有種の魔物がいるんだが、その肉がとりわけ旨いらしいぞ」

「それは一度食べてみたいですね！」

――――ディタール聖国。

それはナーヴ王国とアルテアガ帝国の間に位置する小国で、３００年前には存在しなかった国だ。

つまり、前世の私が死んだ後にできた国で、私の知らない独特の食文化を持っているのだろう。

デズモンド団長がわざわざ言及するくらい美味しい肉料理があるのならば、いつか休暇を取って行ってみたいわね、と思っていると、心の中を読んだかのように団長が誘いかけてきた。

「だったら、一緒に肉を食いに行くか？」

「えっ？」

「今なら、オレの権限でお前をディタール聖国に連れていってやれるぞ！　実のところ、シリルの許可も既に取ってある!!」

清々しくそう言い切ったデズモンド団長が、初めて仕事ができる男前に見える。

そのため、私は元気な声で返事をしたのだった。

「完璧じゃないですか！　行きます!!」

デズモンド団長に誘われた際の会話を思い出しながら、ああー、あの約束が延期になってしまったのね、とがっかりする。
けれど、デズモンド団長が持ってきたディタール聖国行きの話は、騎士団が旅費まで持つという出来過ぎたものだった。
隣国にお肉を食べに行くだけなのに、騎士団が全て面倒を見るなんておかしな話よね、と当初から怪しさを感じていたため、延期になったという話に納得する。

　仕方がないわと頷いていると、デズモンド団長は私の表情から何かを感じ取ったようで、慌てた様子で付け足してきた。

「フィーア、これは延期だからな！　決して中止ではないからな!!」

「えっ、延期と言っても無期延期でしょう？　私の予想ではこのまま延期の状態が続いて、実行されずに中止になると思いますけど」

　うま過ぎる話だと思ったんですよと続けると、デズモンド団長は大きな声を出した。

「全然違う！　つまり、ここだけの話、オレの予想よりも早く筆頭聖女の選定会が開かれることになったのが原因だ！　そのため、選定会さえ終了すれば、速やかに肉ツアーを決行できる」

　話の途中から、まるで内緒ごとを話すかのように声を潜めてきたデズモンド団長を、私はきょとりと見返す。

「はい？」

　デズモンド団長の言っていることが分からない。

　筆頭聖女の選定会と肉ツアーは全く関係がない話よね？　と、首を傾げていると、団長は渋い表情で補足してきた。

「つまり……王都の西には王家の離宮がある。そして、そこにはサヴィス総長のご母堂で、現筆頭聖女のイアサント王太后がいらっしゃる。王太后は筆頭聖女の選定会に参加される予定だから、開催前に王都までお連れしないといけないし、その役目はクラリッサとクェンティン、ザカリーに任されている」

「まあ、それはすごいことですね！」

イアサント王太后の話は、先日、ファビアンから教えてもらった。

世界中から『癒しの花』と呼ばれている、王国が誇る聖女様とのことだった。

そんな聖女様をご案内する役だなんて、団長たちはすごいわねと目を輝かせていると、デズモンド団長はあっさりした様子で肩を竦(すく)める。

「まあ、そういう考え方もあるな。だが、さすがに５人の騎士団長が一度に王都を抜けるわけにはいかないから、王太后のお迎えと肉ツアーの日程はズラさないといけない。さらに言うと、選定会が実施されている間は、オレも王都を離れられない」

それはそうだろう。デズモンド団長は王城警備を担当する第二騎士団の団長なのだから。

「そもそも選定会の開催はもう少し先の予定だったから、肉ツアーに行って戻ってくる時間的余裕があると思っていた。それなのに、選定会の日程が前にズレてしまったから、あの３人の方が先に離宮に向かわなければならなくなったというわけだ」

「確かに肉ツアーはお腹が空いた時に行けばいいから、いくらでも旅行時期をズラせますよね！というか、立派な業務である王太后のお迎えと、肉ツアーを同列に考えることは失礼じゃないですかね」

そう口にしたところで１つの矛盾に気付き、デズモンド団長に質問する。

「あれ、『5人の騎士団長が一度に王都を抜けるわけには』って言われましたけど、肉ツアー行きのデズモンド団長と、離宮行きの騎士団長3人を足しても、合計で4人ですよね？」

「あー、それはあれだ……。実はここだけの話、イーノックは貧弱な肉体をしていてな。肉体改造のために、ディタール聖国に肉を食べに行きたいと言っていたから、一緒に行く約束をしたんだ。だから、肉ツアーにはイーノックも連れていく。それから、他の肉好きの騎士たちも何人か連れていく予定だ」

「まあ」

どうやら結構な団体様でディタール聖国を訪れる予定のようだ。

いくらプライベートと言えど、騎士団長が2人も揃ったうえに、多くの騎士をぞろぞろと引き連れて行ったりしたら、公的な何かと勘違いされないだろうか。

そう心配する私を知らぬ気に、デズモンド団長はバシンとテーブルを叩いた。

「ということで、聖国行きの件はあくまで延期だからな！」

「了解しました！」

元気よく言い切ったデズモンド団長に対し、私も元気よく返事をする。

よく考えたら、この延期は私にとってもすごく都合がいいわよね、と考えながら。

なぜなら私は、これからしばらくの間、王城に留まらなければならない用事ができたからだ。

そのため、デズモンド団長が今すぐディタール聖国に出発すると言い出していたら、参加できないところだった。

「まあ、素晴らしいタイミングじゃないの！　やっぱり私の運命は聖国のお肉を食べるようにできているんだわ」

思わずそう口にしたところで、私が王城に滞在しなければならない直接の原因となった人物が、食堂の入り口に佇んでいることに気が付いた。

突然現れた相手に気を取られていると、動きを止めた私を不審に思ったようで、デズモンド団長が後ろを振り返る。

すると、ちょうど間近まで歩いてきていたロイドとデズモンド団長が見つめ合う形になった。

互いに、なぜここにいるんだ？　と思っているような表情を浮かべた２人だったけど、先に気を取り直した様子のロイドが、からかうような笑みを浮かべる。

「やあ、デズモンド。騎士団長専用の食堂で出される豪華な朝食を蹴ってまで、フィーアと食事をしたいのかい？　だが、その素敵な時間も終了したようだから、フィーアは借りていくよ」

「は？　いや、それは構わないが……」

デズモンド団長は問いかけるように私を見た。

『ロイドとフィーアはまだ一、二度しか会っていないはずだが、そんなロイドがなぜわざわざフィーアを迎えに来たんだ？』との疑問が、デズモンド団長の顔に浮かんでいる。

「ええと、実は昨日、公爵と……」

「僕とフィーアは友達になったんだよ。それから、フィーア、今さら『公爵』と呼ぼうとするだなんて、どうしてデズモンドの前でかしこまろうとするんだい？　彼は君にとって怖い上司なの？」

その場を取り繕うために言い訳の言葉を口にしようとした私を、ロイドがあっさりとぶった切る。

「…………」

「…………」

「…………」

それぞれに思うところがあって沈黙が続く中、私はぼそりと一言だけ口にした。

「デズモンド団長は怖くないです」

51 大聖女の薔薇

「デズモンド団長、それではこれで失礼しますね」

短い時間でロイドとデズモンド団長の相性が悪いことを理解した私は、トレーを持ってそそくさと立ち上がった。

ロイドは公爵という高い地位に就いているため、歯に衣着せぬ物言いをするうえ、道化師でいる時の癖なのか、相手をからかおうとするところがある。

一方、デズモンド団長もやっぱり相手をからかおうとするところがあるので、同じ性質を持っている2人が合わないことに気が付いたのだ。

2人はチェス仲間とのことだけれど、手よりも口の方が動いているのじゃないだろうか。

「あ、ああ。……またな、フィーア」

けれど、ロイドと私が連れ立って行くことに、デズモンド団長が首を捻（ひね）っていたため、これは早めに納得させておいた方が得策だと考える。

私はデズモンド団長の耳元に顔を近付けると、小声で説明した。

「実は昨日、セルリアンとドリーと一緒に、道化師一座に扮して街に出掛けたんです。そのことについて話があるみたいなので、ちょっと行ってきますね」

「は？　ということは、お前も道化師の扮装をしたのか!?　意外と似合いそうだが。……い、いや、そうじゃなくて、崇高なる騎士が何をやっているんだよ！」

予想通り、筆頭聖女選定会の案件に没頭していたらしいデズモンド団長は、昨日の私たちのお出掛けを知らなかったようだ。

そのため、顔をしかめて苦情を言いながらも、どこか納得した表情を浮かべる。

よしよし、これで私が道化師の気まぐれに巻き込まれたと思ってもらえるかしら。

私はデズモンド団長の小言を受け入れた振りをすると、「ええ、崇高なる騎士としてあるまじき行為をしてしまったので、反省の意味を込めてがつんと言い返してきます！」と返事をし、ロイドの後に続いた。

実際のところ、私は平和主義者なので、ロイドに言い返す気はないのだけれど。


ロイドに連れていかれたのは、『大聖女の薔薇』が咲いている庭園だった。

12株ある薔薇のうち、2株が既に『大聖女の薔薇』に変化している。

薔薇の間をゆっくり歩いていると、ロイドが立ち止まり、くるりと振り返った。

「フィーア、昨夜お願いした『大聖女の薔薇』を選び取る話だけど、君たちが退出した後、セルリアンと話し合って今後の方針を決めたんだ」

「ええ、そういう話だったわね」

一体どんな話になったのかしらと、ロイドの次の言葉を待つ。

「コレットが目覚めた後、筆頭聖女の力を借りて妹を治癒してもらうという話はしたよね。その筆頭聖女を選ぶための選定会は2週間後に開催されるが、実際に選定されるにはさらに2週間ほどかかるだろう。そのため、筆頭聖女の力を借りられるのは、順当に考えても1か月後になるはずだ。だから、その1か月の間に、この薔薇の中からピンとくる花を一輪選んでほしい、というのが僕たちの結論だ」

「つまり、これから1か月は猶予があるということね？」

今すぐ選べと言われなくてよかったわ。

そうほっとしていると、ロイドは肯定の印に頷いた。

「薔薇は第三魔導騎士団に頼んで、摘んだ時のままの状態で保存してもらう予定だから、今日、明日に摘んだとしても問題ないし、1か月後に摘んでも構わない。気になる薔薇があったら、次々に摘んで保存しておいて、最後にその中から一輪選ぶ方法でもいいと思う。あるいは、ピンとくるものがなければ、少しくらいなら期日を過ぎても構わないし」

「えっ、そうなの？」

急いでいるんじゃないのかしら、と思って尋ねると、ロイドは唇を歪めた。

「妹は10年も眠り続けているのだから、今さら1週間や2週間延びたとしても大差ないはずだ。もちろん、1か月以内に見つかるならば、それに越したことはないが」

ロイドはそう言ってくれたけど、コレットの体力は限界だと昨夜話していたから、早い方がいいわよね。

「何となくだけど、1か月で見つかるような気がするわ！」

そう答えながら、私は頭の中で手順をおさらいする。

ここに植わっているのは普通の薔薇に見えるけれど、実際には『大聖女の薔薇』に変化することができる特別な薔薇種だ。

そして、毎日、私がこの薔薇に魔力を注ぎ込むことで、『大聖女の薔薇』に変化する。

これから魔力を流し始めるのであれば、ちょうど1か月くらいで変化するはずだから、ロイドの言った期限に間に合うだろう。

以前、サヴィス総長に頼まれた時も、1か月くらいで薔薇が変化したことだし、間違いないはずだ。

ちなみに、300年前の王城において、『大聖女の薔薇』が他の薔薇種と自然交配することを防ぐため、敷地内に植えられていた薔薇は全て『大聖女の薔薇』だった。

どうやら現在もそのルールが守られているようで、視界に入る薔薇は全て『大聖女の薔薇』に成り得る特別な薔薇種だった。

うーん、このうちのいくつを『大聖女の薔薇』に変えるべきかしら、と考え込んでいたところ、視線を感じたため顔を上げる。

すると、ロイドが興味深げに私を見つめていた。

「ロイド、私は薔薇を選ぶだけだから、その花にたまたまお望みの効能が付いていたとしても、偶然だからね」

何かを怪しまれているのかしら、と思った私はロイドに念を押す。

すると、ロイドはにこやかに返事をした。

「もちろんそうだ。でも、フィーアの言葉から推測するに、君は正しい効能が付いた薔薇を引き当てる自信があるようだね。これまで失望することばっかりだったから、そんな君と話をすると元気が出てくるんだよ」

「…………」

にこにこと邪気のない顔で微笑まれると、力が抜けて何も言えなくなる。

でも、絶望に染まった表情や、縋(すが)るような表情を見るよりもずっといいわよね、と思いながら、私は昨夜の出来事を思い返した。

◇　◇　◇

「『大聖女の薔薇』は花びら毎に効能が異なるから、どうか……コレットが目覚めるための花びらを選び取ってくれ！」

そう訴えながら、セルリアンは縋るような瞳で見つめてきた。

そのため、私は胸が詰まったような気持ちになったのだ。

10年間というのは、とても長い時間だ。

その長い時間を、セルリアンとロイドが不安な気持ちで過ごしてきたのだとしたら――「今日、目覚めるかもしれない」という希望と、「今日、亡くなるかもしれない」という恐れを抱いてきたとしたら、それはとても苦しいことだろう。

そんな2人を少しでも楽にできるのならば、何だって協力すべきだと思う。

「もちろんだわ！　コレットが目覚めるよう、最善の薔薇を選ぶわね」

私の返事を聞いた瞬間、隣でカーティス団長がぐっと唇を噛みしめたのが分かったけれど、見逃してちょうだい、と心の中でお願いする。

そもそも……

「コレットの眠りが『精霊王の祝福』である以上、通常の手順で目覚めるかどうかは未知数だわ。たとえ正しく目覚めのための花びらを選び取ったとしても、効くかどうかは分からないわよね」

なぜならセルリアンにかけられた『精霊王の呪い』を、私は解くことができないのだから。

精霊王の力は人のそれとは異なる種類のもので強力だから、「解けるように」と仕掛けを施されていない限り、人が解くことはできないのだ。

けれど、コレットの眠りがセルリアンの望みに基づき、『彼女を死なせないために、時を止めたい』という願いを聞き届けてくれた結果だとしたら、――『コレットが死なない条件が整った』と判断された時に、その眠りが解除されるのではないだろうか。

「つまり、セルリアンが目覚めさせようと働きかけることで、『コレットが死なない条件が整った』と判断されるかもしれないわね」

思い付いたことをぽつりと口にすると、セルリアンが手の甲で涙を払いながら頷いた。

「フィーアは本当にいいポイントを突いてくるよね。確かに、この件の最大の問題は、『精霊王がかけた』状態異常ってことだ。君の言う通り、僕の望みに呼応する形で発動した祝福である以上、僕の望みに応じて解除される可能性は高いと思う」

セルリアンは一旦言葉を切ると、「ただ……」と悩ましい様子で続ける。

「精霊王由来のものは簡単ではないんだ。僕が強く望んだことでコレットは眠りについたのに、同じように強く望んだだけでは、彼女は目覚めなかったのだから。だが、『大聖女の薔薇』が見つかったことで理解した。大聖女は僕に祝福を与えてくれた精霊王の血筋だから、それが解除のアイテムなんだよ。正しく大聖女の花びらを選び取って使用すれば、コレットは目覚めてくれるはずだ」

セルリアンの発言には、多分に希望的観測が交じっていたけれど、確かに初代精霊王と人の子の間に生まれた者がナーヴ王家を興したため、前世の私は精霊王の血を引いていた。

セルリアンの言う通り、そのことが上手く作用してコレットが目覚めてくれるといいのだけど、と考えていると、セルリアンが言いづらそうな表情で私を見つめてきた。

「だから、僕の望みであることを示すために、『大聖女の薔薇』を使用した紅茶は、僕が直接コレットに飲ませようと思うのだが、……フィーア、わがままを言って申し訳ないが、彼女に紅茶を飲ませる時は、僕とロイドとコレットの３人だけにしてもらえないか？」

「えっ？」

てっきり同席できるものと思っていたので、驚いて声が出る。

う、うーん、最近気付いたんだけど、『大聖女の薔薇』に魔力を流している時に、私が何を考えているかで、花びらに付く効果の内容が変わってくるみたいなのよね。

麻痺の仕組みってどうなっているのかしら、と考えていた時は、体がビリビリと痺れる花びらができたし、いつだって小難しい顔をしている騎士がいるけど、何を見ても面白く感じるような魔法はないものかしら、と考えていた時は、全てのことを面白く感じる花びらができたのだから。

だけど、今ある『大聖女の薔薇』に魔力を注いだ際、『眠りの状態異常の解除』を望んだ覚えはないから、現時点では眠りの状態異常を解除する花びらは存在しないのよね。

だから、コレットには適当に無害な花びらを選んでおいて、彼女に紅茶を飲ませる際、こっそりと状態異常解除の魔法をかけようと思っていたのだけど……

「コレットの体はもう限界なんだ。どんどん細くなってきているから、間違った刺激を与えることにも、耐えられないんじゃないかと思ってしまう。だから、もしも何かあった時には……その場面を、３人だけで迎えたいんだ」

神妙な表情でそう口にしたセルリアンを見て、私は開きかけた口を閉じた。

彼は最悪の場面を覚悟しているのだ。

そして、もしもコレットが亡くなるとしたら、その神聖な場面に、一切の他者を同席させたくないのだ。

それほど、彼にとってコレットは特別なのだろう。

「……コレットは大変な状態で時を止めているのでしょう？　目覚めたらすぐに回復させるために、筆頭聖女を同席させるんじゃないの？」

コレットをそのままにしておけば、死を待つしかない状態だったと、先ほどセルリアンが言っていたことを思い出しながら質問する。

すると、セルリアンは悲し気に眉を下げた。

「ああ、筆頭聖女には隣室に控えてもらおうと思っている。コレットが目覚めることができたら、すぐに呼べるように」

「だったら、私も隣室で控えていていい？　呼ばれるまでは絶対に動かないし、部屋を覗いたりもしないから！」

私も聖女だから、力になれる場面があるかもしれないと思って、そう提案する。

「ほら、私はたくさんの聖石を持っているでしょう？　筆頭聖女に何かあった時のためのスペアとして、一緒にいさせてもらえないかしら」

セルリアンは唇を震わせると、情けない表情を浮かべた。

「そこまで君に頼ってもいいものかな？」

「もちろんよ！　コレットを救うために、できることは何だってすべきだわ。それに、セルリアンは『精霊王の呪い』を受けると同時に、『精霊王の祝福』の代償を払い続けているというとんでもない状態だから、もっと多くの人に助けを求めるべきだわ」

なぜなら実際に、セルリアンは大変な状態なのだから。

300年前の精霊王から呪いを受けて、左腕が動かなくなっているし。

初代精霊王からは祝福を受けたけれど、そのせいで命を削られているし。

「そう言われると、確かに僕は難儀な状況かもしれないね」

セルリアンは今さらながらそのことに思い至ったとばかりに、顔をしかめた。

まあ、我が国の王様は呑気なものねと思ったけれど、セルリアンの祝福と呪いが、ナーヴ王家の血筋であるがゆえに受けたものだとするならば、それはサヴィス総長にも及ぶのかしら、とふと思う。

精霊王の祝福は、総長が何事かを強く願ってみないことには、発動するかどうか不明だけれど、「300年前の精霊王の呪い」は、過去の王族が受けたものをセルリアンが引き継いでいるとのことだった。

それは、「王」にのみ該当するものかしら？

それとも、サヴィス総長も「王家の一員」として、その身に受けているのかしら？

けれど、すぐに、総長は一切呪いにおかされていない状態だったと、自らの考えを打ち消した。

サヴィス総長とは何度も顔を合わせているので、もしも総長が呪いにかかっているのならば、気付かないはずはないのだから。

導き出した結論に安心していると、セルリアンから晴れ晴れとした表情でお礼を言われる。

「フィーア、引き受けてくれてありがとう！　それから、尽力してくれた全てに感謝する」

続けて、隣にいたロイドも神妙な顔でお礼を言ってきた。

「フィーア、僕も心から君に感謝している。結果がどうなろうとも、君が行動してくれたあらゆることに感謝し続けるよ」

常にない2人の真面目な対応から、どれだけコレットのことを大切に思っているかが伝わってきたため、改めてできることは何だってやらなければいけないと考えていると、セルリアンが申し訳なさそうな表情を浮かべた。

「夢中になってしゃべっていたら、ずいぶん遅くなってしまったな」

そう言われて初めて、長いこと話し込んでいたことに気付く。

窓の外に視線をやると真っ暗で、月の位置から判断するに、だいぶ遅い時間のようだ。

「今日は色々なことがあったから、フィーアは疲れていただろうに悪かったね。今夜はここまでにして、詳細については明日話をしよう。思い付きのような形で君に依頼したから、今晩、ロイドと今後のことを相談して、内容を詰めることにするよ」

セルリアンからそう提案されたため、素直に頷く。

「分かったわ」

セルリアンとロイドの2人でじっくり話し合いたいことがあるのかもしれないわ、と考えながら返事をすると、私はカーティス団長とともに部屋を後にしたのだった。

52　危機との遭遇2

「これは、いつぞやの聖女様ではありませんか。またお会いしましたね」

ものすごく優しい声を耳にしたというのに、その声を聞いた途端、私の背筋にぞぞぞと悪寒が走った。

あっ、しまった、とうとう見つかった！　と心の中で叫んだ私は、振り返ることなく走り去ろうとしたけれど、その前にがしりと腕を摑まれる。

「おやおや、つれないですね。あなたのようにご立派な聖女様には、騎士ごときを相手にする時間はありませんか？」

「……ま、まあ、騎士団長ともあろう方が何をおっしゃいますやら」

一瞬躊躇(ちゅうちょ)したものの、逃げられないと悟った私は、作り笑いを浮かべて振り返る。

すると、予想通りシリル第一騎士団長が立っていた。

そして、その表情は予想の倍くらいにこやかだった。

……まずい、まずいわ。これは本気で怒っているわ。

　これまでの付き合いからそのことを悟ったため、今だけは絶対に団長に逆らってはいけないと、危機探知機が作動する。

　そのため、ものすごく優しい笑みを浮かべながら、シリル団長の間違いを指摘した。

「ところで、シリル団長、先ほどから私を『聖女様』と呼ばれていますが、私が着用しているのは騎士服ですし、私自身も団長の忠実なる部下ですよ」

　シリル団長は器用に片方の眉を上げると、不同意の気持ちを示す。

　けれど、ここで負けてはいけないと思った私は、今にも逃げ出したい気持ちを抑えつけ、団長と視線を合わせ続けたのだった。


　――――先日、聖女の扮装をしてセルリアンたちと出掛けた際、シリル団長にばったり街で遭遇した。

　なんちゃって聖女の私は、首に聖石のネックレスを掛けていたのだけれど、それを見られたため、シリル団長から説教の予告を受けたのだ。

『こんにちは、可愛らしい聖女様。そのネックレスはとても素敵ですね。幸運にも、もう一度お会いできる機会がありましたら、ゆっくり話をさせてくださいね』

　あんなににこやかな表情で脅迫できる者は、世界広しと言えど、シリル団長の他にいやしないだろう。

ぞぞぞと背筋が凍り付いたため、私はその日からシリル団長を避けることにしたのだ。

そもそもシリル団長はものすごく忙しいのだから、避けるのは簡単だ――と考えてから2日後、気を抜いていたところに本人との遭遇だ。

昼食を取ろうと食堂に向かっていたところだったので、頭の中が昼食のメニューで占められていて、周りに気を配るのを怠っていたことが敗因だろう。

はっとした時には既に遅く、ご立派な騎士団長にがっちりと腕を摑まれていたため、簡単に逃げ出せないと絶望感を覚える。

そんな私の心情を察しているだろうに、シリル団長はあくまでにこやかに口を開いた。

「おや、フィーアは私が服装といった外見に騙されるような愚か者だと思うのですか。ふふふ、先日、街で出会ったあなたは間違いなく聖女様でしたよ。回復魔法を使用できる者を聖女様とお呼びするのならば、聖石をたくさん身に着けていたあなたにその資格がないはずはありませんからね」

「……それも一つの考え方ですね」

シリル団長を刺激しないように、はいともいいえとも取れるあいまいな答えを返すと、団長は理解しているとばかりに頷いた。

「そうであれば、着用している服が変わったくらいで、あなたが聖女様でなくなると考える方がおかしいでしょう」

「……お言葉ですが、今の私は聖石を身に着けていません。そのため、やっぱり聖女様ではなく騎士だと思うのですが」

　ここは肯定してはいけない場面だわと理解し、恐る恐る否定する。

　すると、シリル団長は考え込む様子を見せた――完全に、演技だろうけど。

「なるほど。あなたは聖石さえ身に着ければ、いつだって憧れの聖女様になれるというのに、騎士を選び取ったということですね。あなたの意志で」

　シリル団長は平坦な声で尋ねてきたけれど、賢い私はピンとくる。

　あ、これは先日のドリーの嫌味に対する返しだわ！

『ほーら、見てごらんなさい、フィーアの格好を。可愛らしい聖女様でしょう？　フィーアには将来の可能性がたくさんあるんだから』

　そう挑発したドリーに対して、シリル団長は背筋が凍るような微笑を浮かべて言い返したのだ。

『フィーアがこの場にいること自体が、既に騎士を選んでいることの証明になるのですがね』

　思い出したわ。ドリーの冷やかしに対し、私は騎士であるとシリル団長が言い切った場面を、私の優れた危機管理能力のおかげで、はっきりと思い出したわよ！

「もちろんですよ、団長！　私には聖女様よりも騎士の方が合っています!!」

　ここが攻めどころだと理解した私は、ことさら力強く返事をしたけれど、シリル団長は疑うような表情で見つめてきた。

けれど、私だって日々、学習しているのだ。

つまり、事実がどうであれ、言い切ることが大事だということを。

そのため、私は両手を握り締めると、真剣な表情で言い募った。

「私はシリル団長のような立派な騎士になりたいと思います!!」

私の熱意にあてられたのか、シリル団長は衝撃を受けた様子で一歩後ろに下がる。

「あなたが私のようになるのですか？　それは……嬉しく思いますが……えっ、どんなところを似せるつもりなのですか?」

恐る恐る尋ねてくるシリル団長を前に、やったわ、シリル団長の気を逸らすことに成功したわよと心の中で万歳する。

それから、ここで答えを間違えてはいけないと、一生懸命考えながら口を開いた。

「そうですね、身長はちょっとばかり団長の方が高いので、背の高さを真似するのは時間が掛かるかもしれません」

「えっ、時間を掛ければ、私と同じ身長になれると思っているのですか？　……300年ほど?」

「剣の腕前は、団長と比べるとまだまだですが、何と言っても私は、入団式でサヴィス総長との真剣勝負を無効試合に持ち込んだ実績がありますからね。シリル団長の年齢になった頃には」

「いいえ、あれはあなたの得物が、『超黄金時代』の宝剣だったからこその結果です。しかも、あの伝説級の魔剣を使用してさえ、サヴィス総長との実力差は歴然としていましたよね」

新人騎士が未来への希望を描いているというのに、次々と発言を否定してくるシリル団長にむっとする。

「シリル団長！　団長は前途洋々な若者の未来を潰すつもりですか!?　私は団長から質問されたことに答えているだけですよ！　それなのに、どうして私の答えをことごとく潰していくんですか!!」

シリル団長は自分の行動を自覚していなかったようで、はっと目を見張った後に項垂(うなだ)れた。

「確かに私が間違っていました。すみません、私はあなたを伸ばす立場にいるのでした。……そうですね、もう少し、5……50年ほどしたら、私の腰も曲がり始めて、同じような身長になるかもしれません。それから、あなたが今の私の年齢になった時には、……予想外の事件を起こし続けるあなたであれば、新たな伝説級の魔剣を発見して、私と同じくらいの強さになっているかもしれません」

そう言い切った後、ほっとしたように微笑むシリル団長を見て、これで本当に私を褒めているつもりなのだろうか、と団長の正気を疑いたくなる。

じとりと睨むと、団長は戸惑った様子で瞬きをした。

「フィーア、虚偽の発言をするわけにはいきませんから、私は精一杯事実を拾い上げて、評価したつもりです」

何を言っているんですか。私には褒めるところがもっとたくさんあるでしょう。

「ぜんっぜんなっていませんよ！　完璧騎士団長のまさかの欠点発見ですね！　シリル団長は指導的立場にいるというのに、壊滅的に人を褒めるのが下手じゃないですか。それでは、私がお手本を見せますと……『シリル団長はさらさらの髪をしているので、ブラシでとかす必要がなくていいですね！　それから、剣の腕前がすごいので、食べる物に困ったら森で魔物を狩ればいいので最高ですね!!』……ざっとこんなものです」

どうですか、と得意気にシリル団長を見つめたけれど、団長は何とも言えない表情を浮かべていた。

「……褒められておいて何ですが、あまり嬉しくないですね。あなたの言葉をお手本にしても、私の称賛能力は上がらないと思います。そもそも私とあなたの称賛内容が異なるのは、対象者が褒めやすい長所を備えた場合と、褒めるのが難しい長所を備えた場合の差異では……いえ、言い訳でしたね！」

じとりと睨み付けると、学習能力の高いシリル団長は慌てて言い訳の言葉を切り上げた。

それから、さらりと話題を変えてくる。

「ところで、フィーア。セルリアンからしばらくあなたを彼専属の護衛にするようにと、正式に要望がありました。彼は傲岸不遜に見えるものの、それが何事であれ、これまではあまり強く要求することはありませんでした。しかし、今回は何が何でもと強要してきましてね。あなたを1か月ほど借り受けたいそうです」

尋ねるように見つめてくるシリル団長を前に、セルリアンの事情をどこまで知っているのかしらと考える。

全く根拠はないけれど、シリル団長は何もかも知っているような気がするのよね。

そう思いながらも、何も知らなかった場合を考えて、どうとでも取れる答えを返す。

「セルリアンはコレットに『大聖女の薔薇』を捧げたいと思っています。そのため、彼女にぴったりの薔薇を選んでほしいと頼まれました」

「コレットの……」

シリル団長はそこで言葉に詰まると、何かを悟ったような表情を浮かべた。

そのため、ああ、やっぱりシリル団長はコレットが亡くなっておらず、時を止めて眠り続けていることを知っているのだわ、と理解する。

黙って見つめていると、シリル団長は何かを考えるかのように目を細めた。

「『大聖女の薔薇』がある一角は立ち入り禁止にしていましたが、セルリアンからロイド及び数名の立ち入りを許可するよう要請があったため、何事かと思っていたところです」

そう言われれば、確かに『大聖女の薔薇』がある一角には、等間隔で騎士が立っていたなと思い出す。

ただ、私は何度もあの場所に立ち入っており、その際に咎(とが)められたことはなかったのだけど、と首を傾げる。

けれど、初日にロイドと一緒に薔薇を見に行った際、彼が騎士に向かって片手を上げていたことをふと思い出した。

もしかしたらあれが合図で、彼に同行していた私にも、継続的な立ち入り許可が下りたのかもしれない。

まあ、ロイドは言葉に出しもしなかったから、気付かなかったわ。

驚きながら回想を終了すると、シリル団長はすっと視線を地面に落とした。

「コレットに捧げる薔薇をあなたに選ばせるということは……セルリアンとロイドは、あなたに賭けることにしたのですね。なるほど、先日の国王面談に加えて、たった一度一緒に外出しただけで、あなたはそこまで彼らに気に入られたのですか」

それから、シリル団長は小さく微笑んだ。

「ふふふ、あなたの聖女様姿がよっぽど可愛らしかったのでしょうね」

「………」

これは返事をしてはいけない場面だわ、と黙っていると、シリル団長は顔を上げて意外なことを言い出した。

「そうであれば、フィーア、あなたにはご苦労をお掛けしますが、セルリアンが満足するまで彼に付き合っていただけませんか」

「えっ、いいんですか？」

道化師と一緒になって遊んでいる場合ではない、とのこれまでの発言を覆すようなシリル団長の寛容さにびっくりし、思わず聞き返す。

すると、団長は弱々しく微笑んだ。

「ええ、むしろ私からもお願いします。……物事というのは、単体で発生しているように見えても、実際にはつながっているものなのです。『サザランドの嘆き』さえなければ、コレットの件は起こらなかったかもしれませんから」

暗い表情でそう口にしたシリル団長を見て、私はびっくりする。

えっ、『サザランドの嘆き』は解決した話だと思っていたのに、まだ続きがあったのかしら。

けれど、とても尋ねられるような雰囲気ではなかったため、私は無言のまま頷いたのだった。

53　ご褒美晩餐会？

最近の私は、暇を持て余している。

なぜなら王城の庭に出向き、薔薇に魔力を注ぐだけの簡単なお仕事しか用意されていないからだ。

この1か月は大事な時期だから、間違っても護衛業務の最中に怪我をしないようにと、セルリアンが王族の護衛業務から私を外してしまったのが原因だ。

そうは言っても、私は騎士だというのに、どうして庭師の仕事しかさせてもらえないのだろう。

立派な第一騎士団の騎士になるため、礼儀作法やダンスといった、たくさんの特別訓練を受けたというのに！

そう不満に思いながら、唯一与えられた庭仕事をするために、薔薇がある庭に向かっていると、心なしか薔薇園に配置されている騎士たちが緊張しているように見えた。

一体どうしたのかしら、と首を傾げながら薔薇園に踏み入ったところ、そこに佇む騎士を見て、なるほどと騎士たちの緊張の原因を把握する。

なぜならその場に立っていたのは、騎士団のトップであるサヴィス騎士団総長その人だったからだ。

「おはようございます、サヴィス総長。朝から薔薇の花の見物ですか?」

早足で近付きながら声を掛けると、サヴィス総長は尋ねるように眉を上げた。

「オレに花を観賞する趣味があるように見えるか?」

全く見えない。

けれど、はっきりそう言うわけにもいかず、私はあいまいな微笑を浮かべた。

「趣味が何か分かるほど、総長のことを深くは知りませんので」

「何とも寂しい答えだな。では、オレを知る機会をお前に与えなければいけないな」

にこりともせずにそう言い切った総長を見て、冗談かどうかを判別できずに困惑する。

うーん、難しいわね。ここは『冗談はよしてください』と笑い声を上げるべきかしら。

それとも、『ええ、ぜひたくさん知りたいです』と生真面目な表情で答えるべきかしら。

正解が分からなかったため、間を取って半笑いを浮かべていたところ、総長から眉根を寄せられた。……難しいわね。

「セルリアンはお前に馳走すると約束したが、まだ果たしていないらしいな」

総長から尋ねられたので、そう言えばそうだったわねと思いながら答える。

「そうですね。ですが、代わりに王城料理をいただきました」

道化師と聖女の扮装をして街に繰り出した日に、セルリアンは夕食をご馳走すると言ってくれたのだけれど、ペイズ伯爵邸に寄ったことで、予定が狂ってしまったのだ。

ただし、その後、王城内にあるロイドの部屋で食事をいただいたのだから、代わりになったと言えばなったのだ。

私はそれで満足していたのだけれど、サヴィス総長は私の答えが気に入らなかったようで唇を歪めた。

「お前が毎日食している食堂の料理も王城料理だろう。何も目新しいものはあるまい」

ううーん、『王城で提供している料理』という意味ではそうかもしれないけれど、この場合はそうじゃないのだ。

「いえ、騎士団専用食堂の食事は肉、肉、肉と、肉ばかりが提供され、質より量なのです！　色々な料理がちょっとずつ供される繊細な料理とは違います！　……つまり、ナイフとフォークが1本ずつしかいらない食事と、指の数よりもたくさんのカトラリーを使う料理は違うのです！」

実際には、ロイドの部屋で食事をした際も、1本のフォークしか使用していないのだけれど、別に正確を期す必要はないだろうと、細かいことにはこだわらないことにする。

つまり、ロイドから提供されたのは、そういう雰囲気の繊細な料理だったと、私は言いたいのだ。

勢いを付けるため、握りこぶしを作って力説したのがよかったのか、総長は納得した様子で頷いた。

「そうか、では、多くのカトラリーを使用する王城料理をもう一度、お前に提供しよう。今晩6時に晩餐室に来い」

「へっ?」

突然、思ってもみないことを言われたため、ぽかりと口を開ける。

晩餐室、というと王族たちが夕食を食べる煌(きら)びやかな部屋のことだろうか。

そんな正式な場所での食事にお招きされた?

しかも、騎士団トップであるサヴィス総長から?

「国王は外出予定だから、同席するのはオレしかいない。お前のマナーがなっていなくとも見逃すから安心しろ」

まあ、元王女を捕まえて、何てことを言うのかしら。

畏れ多いので、晩餐の誘いはお断りしようと思っていたところ、茶々を入れられたため、思わず言い返してしまう。

「ほほほ、これでも姉から厳しく躾(しつ)けられましたので、私のマナーに問題はありません」

「それは頼もしいな。そうであれば、オレのマナーにおかしな点があったら指摘してくれ。では、夜に。それから、業務ではないから騎士服は着替えてこい」

あっ、しまった。断り損ねてしまった、と思った時には、サヴィス総長は踵(きびす)を返してしまっていた。

そのため、私は騎士の礼を取って見送る。

「了解しました！」

しばらくして、総長が見えなくなると、私は姿勢を崩して首を傾げた。

「私を夕食に誘うためだけに、総長は薔薇園に来たのかしら？」

そして、それはセルリアンの不義理を償うため？

元々、セルリアンに食事を奢るように言っていたのはサヴィス総長だったから、セルリアンが約束通りの食事を提供していないと思って、代わりを務めようとしているのかもしれないけど……総長はものすごく忙しいから、こんな些末事にまで気を遣うものかしら。

「怪しいわね。でも、総長が何かを企む時は、シリル団長も同席しているような気がするから、今回は純粋に、セルリアンの弟として対応しようとしているだけなのかしら……うーん、悪い企みをしていたら、見て分かるような仕組みはないものかしら」

と、しばらく考えていた私だけど……

「あっ、しまった！」

はっと我に返った時には、いつもの癖で薔薇に魔力を注いでいた。

「『大聖女の薔薇』に魔力を流している時に、私が何を考えているかによって、花びらに付く効果の内容が変わってくるのに！　……ど、どうしよう。これは、『悪いことを考えたら踊り出す花びら』ができてしまった気がするわ」

こんなものをコレットに飲ませたら、間違いなくセルリアンに怒られる。

そう思った私は、その後は真面目に、『眠りの状態異常を解除しますように』と考えながら、魔力を流し続けたのだった。


そして、夕方。

私は手持ちの中で一番いい服を着ると、王城に向かった。

さすが王族が使用するスペースだけあって、城の奥に進むにつれ、目に入る物全てがどんどん煌びやかになっていく。

磨き上げられた床の上に敷かれた絨毯(じゅうたん)は踏むのがもったいないくらいだし、廊下に並んでいる柱には大きくてぴかぴかの石が使ってある。

そして、均等に置かれた飾り台の上に並べられている壺だとか、飾り箱だとかは古い物に見えるので、きっと昔のすごい品なのだろう。

私はそれらをきょろきょろと見回しながら、失敗したわと心の中で繰り返した。

……ああ、見れば見るほどどこもかしこも豪華じゃないの。

それはそうよね。サヴィス総長は王弟で、私はその王弟殿下から王族が使用する晩餐室に誘われたのだから。

つまり、王城の料理人が王族のために作る、最高の料理を食べる機会を与えられたのだ！

こんなすごい機会は二度とないだろうから、私は食べたい物をリクエストすべきだった。

「『お肉とケーキ』！　この一言を言い損ねるなんて、何たる不覚かしら」

王城の料理人の手によるお肉とケーキは、格別美味しいに違いない。

それなのに、この2つがメニューとして並ばず、食べ損なったとしたら、私はものすごく後悔するだろう。

「あああ、お願いよ。私に後悔をさせないためにも、どうかお肉とケーキが出てちょうだい！」

私は晩餐室の前に到着すると、扉の前でそう祈ったのだった。

約束の時間の5分前になったので、晩餐室の扉を叩いて中に入ったところ、サヴィス総長しかいなかった。
そのため、思わずきょろきょろと部屋中を見回してしまう。
総長は他の同席者がいると言わなかったけれど、『騎士団の中にうまい話はない』というこれまでの経験から、扉を開いたらシリル団長やデズモンド団長が飛び出してくるように思われ、身構えていたのだ。
あら、本当に2人だけのようねと首を捻りながら、マントルピースの前に立つ総長に視線をやると、私服姿だった。

「えっ、サヴィス総長は騎士服以外の服を持っているんですね！」

総長が私服を着ているところを初めて見たため、びっくりして尋ねると、生真面目な表情で頷かれる。

「その通りだ。お前は驚くかもしれないが、眠る時用の夜着も持っている」

その冷静な言葉を聞いて、常識を取り戻す。

もちろんサヴィス総長の言う通りだ。総長とは仕事でしか会ったことがなかったから、騎士服姿しか見たことがなかっただけで、騎士服以外の服も持っているに決まっている。

「しっ、失礼しました！　つまり、サヴィス総長の騎士服姿は、最高に似合っていると言いたかったのです!!」

失言を取り返そうと、両手を握り締めて大袈裟に褒める。

続けて、着用している私服を具体的に褒めようと総長に視線を定めたところで、まあ、本当に似合っているわねと感嘆した。

サヴィス総長は襟付きのシャツの上から暗色の上衣を羽織っているだけだったけれど、それがすごくカッコよかったからだ。

色合いが落ち着いているからなのか、いかにも高級そうな服を着ていても、気障(きざ)にも嫌味にも見えないし、明らかに男っぷりが上がっている。

「さすがですね、総長！　騎士団で鍛え抜かれた筋肉を備えているため、どんな服を着てもすごくお似合いです!!」

心からの褒め言葉が総長の心を打ったのか、総長はおかしそうに唇の端を上げた。

「斬新な褒め言葉だな。そうか、オレが服を着こなせるのは、全て筋肉のおかげだったのか」

あれ、私が褒めたかった内容とは何かが違う、と首を捻ったけれど、答えが出る前に総長に促されて席に着く。

その際に、ちらりと壁際を見ると、数人の侍女が控えているだけで、騎士は1人もいなかった。

サヴィス総長の身分を考えると、常に第一騎士団の騎士が警護に就いているはずだから、きっと私がゆっくり食事をできるようにと外してくれたのだろう。

わくわくしながら料理を待っていると、まずはドリンクの種類を尋ねられる。

「何か飲みたいものはあるか?」

そのため、私はううーんと考え込んだ。

通常であれば、飲みたいお酒を尋ねられる場合、リストを渡されてその中から選ぶものだけれど、何もないところから自由に好きな物を選べというのは、さすが王城仕様だと感心する。

問題は……お酒の種類や銘柄を、私がよく分かっていないことなのだ。

「サヴィス総長の好きな物を飲みたいです！」

そのため、総長と向かい合わせの席に座った私は、テーブル越しに総長を見上げながら、嬉々として答えた。

よく分からないのだから、よく分かっている人に任せるのが確実よね、と思いながら。

それからすぐに食事が始まったのだけれど、事前に宣言された通り、テーブルの上には両手両足の指の数を足したくらいのカトラリーが並んでいた。

まあ、素敵。これだけのカトラリーを全て使うほどたくさんの種類のお料理が食べられるということね！

そして、この素敵な状況を迎えられたのは、『指の数よりもたくさんのカトラリーを使う料理を食べたい』というようなことを、私自身が発言したからよね。さすが私！

過去の自分を褒め称えると、私は嬉々として料理にフォークを突き刺した。

そして、一口食べたことで理解する。

王城の料理人が作った料理は美味しい、ということを。

それはそうだろう。一流の材料を使って、一流の料理人が料理をしているのだ。美味しくないわけがない。

冷静に考えたら、どんなお店の料理よりも、王城の料理が美味しいに決まっているのだ。

ということは、下手なお店でご相伴にあずからずに、王城の料理を食べている私は大当たりじゃないだろうか。

「あああ、美味しい！　王城の料理人が作った料理を食べることは、もう二度とないだろうから、お腹が破れる一歩手前まで食べないと!!」

すごいわ。これまではお肉とケーキが最強だと思っていたけれど、野菜もキノコも魚も、何もかも最強だったのね。

というか、前世の私はこんなに美味しい物を毎日食べていたのね。

次々に料理を口に運ぶ私を見て、サヴィス総長は楽しそうに口の端を上げた。

「お前の食事量を見ていると、オレと同じくらいの体格ではないのかと疑ってしまうな」

食事と会話の合間にお酒を飲みながら、私はすらすらと答える。

「うふうふうふ、あたらずといえども遠からずってところですね！　将来的に私はすごく背が伸びる予定ですので、これらの食事は未来の私に投資をしているのですから!!」

私の言葉を聞いた総長は、まじまじと見つめてきた。

「……お前は何歳だ？」

「15歳です！」

「オレの記憶に間違いはなかったな。騎士にとって体格は大事だが、それが全てというわけでもない」

「はい？」

あれ、私は何か慰められているのかしら？　と首を傾げていると、総長はさらに太っ腹な提案をしてきた。

「好きな物があったら遠慮なく言え。同じ物を持ってこさせるから」

まあ、何て素敵な上司かしら！

そう感激したけれど、これだけテーブルの上にカトラリーが並んでいるのだから、おかわりをしていたら、この後出てくる新たな料理を食べ切れないだろう。

そう考えた賢い私は、どんなに美味しくてもおかわりを言い出すことなく、次の料理を待とうと心に決める。

そうやって、次々に出された料理を食していると、あっという間にお肉料理の順番になった。

両手を握り締めて待っていると、侍女の１人が大きなお皿を目の前に出してくれる。

そして、そのお皿の上には３種類の違うお肉が載っていた。

まあ、すごい、何という豪華さかしら！

問題は味だけれど、王城のお肉料理だから期待してもいいわよね、とわくわくしながら口に入れると、信じられないことに舌の上でじゅわっと溶けた。

「えっ、お肉って溶けるものだったの!?　信じられない。15年生きてきて、まだ知らないことがあったのだわ!!」

驚きの声を上げながらサヴィス総長を見上げると、おかしそうに笑われる。

「それは驚くべき話だな。オレは27年生きてきたが、まだ肉が口の中で溶ける体験をしたことはないからな」

「まあ、だとしたら、私はたった15年で総長以上の経験をしたということですね！」

すごい体験をしたことが嬉しくなって笑っていると、後ろに控えていたサーヴ係が残り少なくなったグラスにワインを注ぎ足してくれた。

「ううーん、先ほどから素晴らしいタイミングでお酒を注がれるわよね！　ワインの量がグラスの3分の1くらいになったら、すかさず注がれるんだから。おかげで、今日はこれまでになくたくさんのお酒を飲めたわ」

出される料理を全て食べ尽くしたため、アイスクリームとケーキが出される頃には、私のお腹はデザート分のスペースしか空いていなかった。

というか、もう満腹で何も入らないと思っていたけれど、デザートを見た途端、胃にデザート分のスペースが空いたので、人体の不思議を体験する。

「あああ、1ミリのスペースも余すことなく、胃袋に食べ物を詰め込んでしまう私は、収納の天才かもしれないわ！」

自分の新たな才能を発見していると、サヴィス総長はわざとらしく眉を上げた。

「お前の食欲はどうなっているんだ？　半分は残すだろうと考えていたのに、全部食べてしまうとは驚きだ。あれらの食物と酒がお前の体のどこに詰まったかは、全くの謎だな」

「うふうふふ、これこそが未来の私への投資ということですよ！　つまり、将来的に私の身長が伸びる証拠なのです」

先ほどの会話を引用して答えると、サヴィス総長は空になったワインの瓶を振りながら、呆れたように首を傾けた。

それから、酒瓶をテーブルに置くと、じっと私を見つめてくる。

そのため、私はこてりと首を傾げた。

「うふうふうふ、総長、どうかしましたか?」

もしかして私に見とれているのだろうか、あるいは、顔にソースでも付いているのだろうか。

……うーん、残念ながら後者でしょうねと考え、両手で顔を撫で回していると、総長は突然、セルリアンについて尋ねてきた。

「フィーア、セルリアンはお前に負担を強いていないか」

「えっ?」

どういう意味かしら、と真意を測りかねて総長を見つめると、真顔で見つめ返される。

「セルリアンは生来、人当たりがいいし、他人との距離感もバランスも間違えることはない。だが、昔から、コレットが関わる時だけはそれが崩れる」

まずいわ、何だか大事な話をされているみたいだわ。

そう悟った私は、居住まいを正す。

今夜の私はたくさんのお酒を飲んだから、難しい話をされても理解できない可能性が高いのよね、と思いながら、心を落ち着かせるために一口お酒を飲む。ごくり。

するとすかさず後ろに控えているサーヴ係がお酒を注ぎ足してきたため、注がれたら飲まないといけないわねと考えもう一口飲む。ぐびり。

「セルリアンはお前に未来への可能性を見出し、縋っているようだが、元々は彼とドリーが処理すべき案件だ。お前は手伝ってやっているのだという、大きな気分で臨めばいい。結果がどう出たとしても、お前に賭けた連中の責任だ」

総長の言葉を聞いた私の目がうるるっと潤む。

「まあ、サヴィス総長は私が失敗した時に気に病むんじゃないかと心配して、事前にフォローしようとしてくれているんですね！　何てお優しい騎士団総長様なのかしら!!」

総長の優しさに感動して胸を押さえていると、総長は考えるように目を細めた。

「フィーア、先ほどからずっと、お前の考えは全て声に出ているぞ」

そうでしょうとも。私も先ほどからそんな気がしていました。

「崇高なる騎士団総長を前にして、私がやましいことを考えることは一切ありません！　ですから、私の考えの全てが声に出ていたとしても、困ることはありません!!」

両手を広げ、挑むようにそう答えると、総長は疑うように首を捻った。

「……そうか。お前が明日の朝、後悔しなければそれでいい」

そんな優しい言葉を掛けてくれる総長に向かって、私はにこりと微笑む。

「絶対に後悔しません！　今日の私はお酒を飲み過ぎました！　そのため、明日の私は間違いなく、今晩のことを何一つ覚えていないでしょうから、後悔しようがありません!!」

私の返事を聞いた総長は一瞬、怯んだ様子を見せたけれど、すぐに真顔に戻ると頷いた。

「それは……非常に健康的な考えだな」

54　ご褒美晩餐会、もしくはあるべき聖女についての討論会

まあ、総長に褒められたわ、と嬉しくなったけれど、次の瞬間、あれ、私は何の話をしていたのかしら、と首を傾げた。

「ええと……それで、何の話でしたっけ？」

まずいわ。たった今話していたことを忘れてしまった、と思いながら総長に質問すると、総長は怒りもせず、淡々とした声で質問に答えてくれた。

「セルリアンがお前に負担を強いていないかという話だ」

まああ、質問したのは私だけど、部下である私に対して丁寧に答えてくれるなんて、サヴィス総長は何てお優しいのかしらと感激する。

けれど、総長が後ろに控えている侍女に合図をして、私に果実水を持ってくるよう言いつけたため顔をしかめた。

前言撤回だわ。私に味のついたお水を渡して、代わりにこの美味しいお酒を取り上げようとしているのであれば、親切とは言えないわね。

くう、私の大事なお酒を取られるかもしれないと考えながら、まだなみなみと入っているワイングラスを握り締めると口を開く。

「そうですね、私は今、セルリアンに弟子入り中ですので、彼に言われた大概のことには、弟子として従わなければいけない状況ですね。ですが、望んで弟子入りしましたので、そのことを負担とは思いません」

そうだった。元はと言えば、近々、サヴィス総長が結婚されるだろうということで、その祝宴での出し物の練度を上げるために道化師に弟子入りしたのだった。

「何と言いますか、セルリアンに弟子入りしたのも、サヴィス総長をお祝いしたいという気持ちからですので、もしも私が大きな負担を課されたとしても、それはすなわち総長への大きな愛に対する試練と言えるでしょう。ですから、どれだけでも受け止めます、はい」

胸元に手を当て、誓うように口にすると、総長は軽く片手を上げた。

その仕草により、部屋の中にいた侍女たちが一斉に退出していく。

その際、私の悪い予想通り、果実水入りのグラスがテーブルの上に置かれ、代わりにワインの瓶が持っていかれてしまった。

ううう、お酒が取り上げられたということは、今夜はこれでお開きかしら、としょんぼりしながら、グラスに残っていた最後の一杯を大事に飲んでいると、総長が質問してきた。

「オレへの祝いとは、何のことだ？」

「うふうふうふ、総長がたった1人の女性を10年間待ち続けた話ですよ！　この国で最高の聖女様とご結婚されると聞きましたので、私はそれに見合った最高の出し物を披露しようと、セルリアンに弟子入りしたんです!!」

ああー、言ってしまった。

当日、いきなりすごい芸を見せて驚かせようと思っていたのに言ってしまったわー、と思いながらちらちらと総長を見上げると、どういうわけか用心するかのように目を細められた。

「あ、あれ、喜ばれるかと思ったのに、喜ばれていない？」

どういうことかしら、と大きく首を傾げていると、総長は普段通りの低い声を出した。うん、いい声だ。

「なるほど、お前が自らその結論に至るはずもないだろうから、ファビアン辺りの入れ知恵か。お前の周りには、いいブレインが揃っているな」

「ええと？」

言われている意味が分からずに、今度は反対側に首を傾げる。

すると、サヴィス総長は手に持っていたワインを飲み干し、テーブルの上にグラスを置いた。

「お前がここでの会話を一切覚えていないのであれば、オレも本音で話すが……祝うべきことなど何一つない。利己的で、独善的で、自己顕示欲が強い『聖女』との結婚など、唾棄すべき行為だからな」

「ええっ!?　そ、それはまた、総長らしからぬ決めつけた発言ですね！　い、いや、聖女というだけで、全員が同じ特質を持っているわけではないし、少なくともシャーロットはいい子ですよ。えっ、というよりも、結婚は好きな人とするべきじゃないんですか？　だって、ずっと一緒に暮らすんですから」

総長らしからぬ発言に驚いて言い返したけれど、あっさりと返される。

「オレにとって結婚は義務だ。そもそも必要がなければ、相手が誰であれ一生結婚するつもりはない」

「えっ！　だ、だとしたら、義務も大事かもしれませんね。ずっと1人で過ごすより、2人で暮らす方が楽しいように思いますから」

なぜなら私は、ザビリアが側にいてくれるようになってから、毎日が楽しくなったからだ。

その日起こった出来事を話し合って、一緒に笑ったり、怒ったりするだけで、1人でいるより何倍も満たされるのだ。

心からそう思って発言したというのに、総長はあっさりと否定した。

「意見の相違だな。オレは1人でいることに満足している。……ところで、フィーア、オレはお前に聞きたいことがある。以前、お前は『聖女は騎士の盾だ』と言ったが、その意見は変わっていないか？」

総長がなぜそんなことを再び尋ねてきたのかは分からなかったけれど、私は即座に頷く。

300年経っても、私の意見は変わらなかったのだ。半年程度で変わるはずもない。

「ええ、変わっていません！　聖女は騎士の盾で、いつだって救いを与える存在だと思います」

「……そうか」

そう答えたサヴィス総長は、私の答えに落胆しているように見えた。

そのため、総長は私に聖女を否定してほしかったのかもしれないと思う。

でも、それは無理な話だ。

なぜなら私は、心の底から聖女を素晴らしいと思っているのだから。

「サヴィス総長はきっと、正しい聖女に会ったことがないんでしょうね」

本来の聖女はもっと簡単に騎士たちを守護するし、騎士たちを何倍も強くするのだから、少なくともいつだって公平で公正な総長が嫌悪の対象とするような存在ではないはずだ。

「あるべき姿の聖女と一緒に戦場に出さえすれば、私の言っている意味を分かってもらえると思うんですけど……」

でも、私が一緒に行くわけにもいかないし、どうしたものかしら？

腕を組んで、うーんと考え込んでいると、総長は指でとんとテーブルを叩いた。

「お前が言っているのは、300年前の聖女たちのことだろう。当時は騎士団の中に、『聖女騎士団』というのが組み込まれていたから、彼女たちであればお前の理想通りに騎士を守ったかもしれないからな」

「あっ、その通りです！」

私の言いたかったことを理解してもらったような気持ちになり、勢い込んで同意する。

まあ、総長ったら、３００年前の騎士団にも詳しいなんて、本当に物知りよね！

「だが、そのような聖女たちは随分前に失われてしまった。そして、オレに懐古趣味はないし、今いる聖女たちに同じものを期待することもできない」

「……そうかもしれませんね」

精霊がいなくなってしまったため、聖女が使用できる魔力量が少なくなったことに加えて、聖女の形が歪められているせいで、彼女たちは正しい行いが何かを理解していないだろうから。

さらに……

「教会の決まりで魔法の使用を制限されていれば、優れた聖女が生まれにくくなりますよね。剣と同じで、回復魔法も使えば使うだけ上達しますし、使わなければ腕が落ちていくだけですから」

でも、サヴィス総長にはあるべき姿の聖女と戦場に出てほしいなと思う。

一度でいい。きっとその一度で、総長は聖女に対する見方を変えるだろうから。

「いつかサヴィス総長に正しい聖女との出会いがあるといいですね。きっと、意見が変わるのは一瞬ですよ！」

私がそう言うと、サヴィス総長は唇を歪めた。

「……お前は子どもだな。だからこそ、瞳を輝かせて理想を語れる。叶わないことや、どうにもならないことがあることを知らないのだ」

そう言った総長は、過去にあった出来事を思い出しているかのように遠くを見つめた。

それから、無言になる。

総長が思い浮かべている記憶はセルリアンとコレットのことかもしれないし、シリル団長と彼のお母様のことかもしれないし、はたまた総長自身のことかもしれない。

あるいは、全然別のことかもしれないけれど、いずれにせよ総長が浮かべた表情は、見た者が悲しくなるような苦し気なものだった。

そのため、総長の言葉に言い返してはいけないと思いながらも、どうしても我慢することができずに、テーブルを見つめたまま一言だけ口にした。

「望みが叶わなかったことなんて、もちろんありますよ。でも、諦めずに何度か繰り返していれば、いつかは叶うかもしれません。そう自分に言い聞かせているんです」

総長は返事をしなかったので、私は顔を上げると、総長をまっすぐ見つめる。

酔っているからなのか、かつてこの部屋でともに晩餐を取った時の情景と似ているからなのか、300年前に長い時間を一緒に過ごした最強の騎士の姿がサヴィス総長に重なる。

――――彼もずっと、騎士団の中枢に位置し、その立場に伴う責任を担い続けていた。

私は傍から見ていただけだったけれど、それでも把握できるくらい、その立場は大変なものだった。

　ただし、彼にはともに笑い合い、一緒に涙する私がいたけれど、サヴィス総長には誰もいないのだ。

　それはとっても寂しく、辛いことに思われたため、図らずも口を開く。

「総長は聖女を否定していますけど、何度も何度も聖女の話をしています。だから、気付いてないだけで、総長にとって聖女はとても大事な存在なんですよ。もしも総長が全てに絶望して、それでも、聖女が総長の拠り所になれるとしたら、私に言ってください。その時は、あるべき姿の聖女をお見せしますから」

　しばらくの間、総長は考えるかのように私を見つめていたけれど、確認するように尋ねてきた。

「お前が語る理想の聖女を、オレに見せるというのか？」

「はい」

　私は総長を見つめたまま、きっぱりと返事をした。

【挿話】騎士団長たちのセト離宮訪問

王都からまっすぐ西に進むと、大陸の端でセト海岸にぶつかる。

そのセト海岸には見渡す限りの青い海が広がっているため、夏になると多くの観光客が訪れるが、その地にはさらに、王家の所有となっているセト離宮があった。

そして、ローレンス王とサヴィス総長の母親であるイアサント王太后は、数人の聖女とともにそのセト離宮で暮らしていた。

そのため、王太后を王都に迎え入れる目的で、クェンティン、クラリッサ、ザカリーの3人の騎士団長はセト離宮を訪問していた。

より正確に言うと、少し前にセト離宮に到着した3人の騎士団長は、玄関前に佇んだまま、玄関扉を睨んでいた。

身が竦んだかのように身動きしない3人だったが、その状態を打破しようとクラリッサが口を開く。

「クェンティン、あなたが私たちの中で一番若いんだから、扉を開けて元気よく挨拶してちょうだい」

しかし、指名された形のクェンティンは、尻込みした様子で一歩後ろに下がった。

「いや、ここはまだ、オレのような若輩者の出番ではないだろう。第一印象は大事だから、騎士団長の中の重鎮が行くべきだ。つまり、ザカリーであれば間違いない」

クェンティンの言葉を聞いた騎士団長の中の重鎮は、おかしくもなさそうに笑い声を上げる。

「ははは、冗談はよせ！　女性の園であるセト離宮で、オレのような無骨者の出番があるはずもない。誰に出番があるかというと、王太后と同じ女性であるクラリッサ一択だ」

そんな風に3人で美しい譲り合いをしていたところ、思わぬところから声が響いた。つまり、3人の後ろから。

「珍しいことね。王都からはるばる騎士団長が訪ねて来るなんて」

3人はびくりと体を強張らせると、慌てて振り返る。

それから、相手が誰かを認識すると、片膝を突いて頭を下げた。

「お久しぶりでございます、イアサント王太后陛下」

数瞬前まで挨拶役を譲り合っていたことが嘘のように、ザカリーが滑らかに口を開く。

「ええ、久しぶりに懐かしい顔を見ることができて嬉しいわ。どうぞ顔を上げてちょうだい」

許可が出たため3人が顔を上げると、赤いヒヤシンスの花を抱えたイアサント王太后が佇んでいた。

その姿は相変わらず、誰の目から見ても美しかった。

王太后は白いドレスを身にまとい、腰まである赤い髪を結いもせずに、そのまま垂らしている。

そして、いつも通り片方の目はその髪の下に隠れていた。

不思議なことに、片方の目を隠すことで髪が強調され、その鮮やかな色に目が行く仕組みになっているように思われる。

そのため、『さすがイアサント王太后、ご自分が一番魅力的に見える髪型を分かっているわ』と、クラリッサは心の中で称賛した。

そんなクラリッサの隣では、ザカリーが今回の訪問理由を説明し始める。

「朝早くに訪問して申し訳ありません。国王陛下の命により、イアサント王太后陛下をお迎えに上がりました。久方ぶりのお顔合わせとなりますので、改めてメンバーを紹介いたしますと、こちらから順にザカリー、クラリッサ、クェンティンとなります」

ザカリーの言葉を聞いた王太后は小さく頷くと、慈愛に満ちた笑みを浮かべた。

「ローレンスの命だなんて、あの子も立派になったものね。元気にしているのかしら？　心まで子どもに戻って、悪戯(いたずら)ばかりしていないといいのだけど」

最後に茶目っ気を覗かせた様子の王太后を前に、３人は無表情を貫く。

なぜなら３人が最後に聞いた報告では、セルリアンは新人騎士のフィーアとともに道化師の格好をして、街に繰り出したとのことだったからだ。

そのため、正に王太后の懸念通りの行動だなと思ったが、わざわざ報告すべきことでもないと判断し、「敬愛すべき王でございます」とザカリーが無難な答えを返した。

するると、王太后は優しい目をして、尋ねるかのように首を傾げる。

「では、サヴィスはどうかしら？　あの子は責任感が強くて、頑張り過ぎるきらいがあるから心配なのよ。働き過ぎて、体を壊していないといいのだけど」

その声には心から心配しているような響きがあったため、ザカリーは安心させるために説明を始めた。

「サヴィス総長は剛健であらせられるので、これっぽっちも健康に問題はありません。いついかなる時も、我々を正しく導いてくださいます」

「そう、それならばよかったわ。私は離れて暮らしているので、身近にいるあなた方が、あの子の力になってあげてちょうだいね」

「「「誠心誠意、お仕えさせていただきます！」」」

3人の騎士団長はそう答えると、頭を下げた。

それから、騎士団長たちは勧められるまま離宮に入ると、広間の隅に立ち、王太后が聖女たちと話をする様子を眺めていた。

王太后は5人の聖女と侍女や近衛騎士団の騎士、料理人や庭師といった大勢の者たちとともにこの離宮で暮らしているが、離宮を離れるにあたって、いくつかの指示を出している様子だった。

ちなみに、王太后の周りには、王太后専属の『赤花近衛騎士団』の騎士たちが、半ダースほど立っていた。

彼らは、淡い紫灰色に暗赤色の差し色が入った専用の騎士服を着用し、王太后を守護するためにその周りを固めている。

赤花近衛騎士団の騎士と黒竜騎士団の騎士は、まず滅多に交わることがないため、３人の騎士団長は物珍しそうに近衛騎士団の騎士たちを見やった。

しばらく観察した後、ザカリーとクラリッサは視線を目の前に固定したまま、口だけを動かして、互いにだけ聞こえるような小声でぼそぼそと会話を交わす。

「全員が見目麗しい騎士だな。顔だけでいくと、我らが黒竜騎士団の完敗だ」

「そうでもないわよ。性格が邪魔をして顔立ちを冷静に見られないだけで、シリルやデズモンドやカーティス、それから、ここにいるクェンティンだって、美形と言えば美形だわ。ザカリー、あなたも精悍な顔立ちをしているし、負けてないわよ」

「あー、確かにうちの騎士たちは個性が強過ぎるから、顔にまで注意が向かねぇな。そして、ここにいる近衛騎士団の騎士たちのように、大人しく突っ立っていそうな奴は１人もいねぇから、やっぱり観賞用としては完敗だと思うがな。いずれにしても、ここの騎士たちは全員が細過ぎる。あれじゃあ、ろくに剣も振るえないだろ」

ザカリーの言う通り、赤花近衛騎士団の騎士たちは全員、身長は高いものの体が細かった。

騎士団長の視点でコメントすると、明らかに筋肉量が足りていない。

だが、この女性の園の護衛役としては、このような騎士たちが向いているのかもしれないな、と思いながら観察を続けていると、王太后が皆に向かって今後の説明を始めた。

どうやら離宮には1人の聖女だけを残し、残りの聖女たちは王太后とともに王都に向かうようだ。

聖女たちは熱心に王太后の話を聞いており、王太后は同居している聖女たちから慕われている様子だった。

騎士たちも誇らし気に王太后の話を聞いているので、明らかに心酔しているように見える。

――――黒竜騎士団の騎士団長たちが王太后に苦手意識を持っているとしても、王太后が身近な者たちから慕われ、尊敬の念を抱かれていることは間違いないようだ。

そのため、3人の騎士団長は『さすがナーヴ王国の癒しの花だな』と心の中で称賛した。

それだけでは足りず、ザカリーは低い声でぼそりと感想を漏らす。

「今代の筆頭聖女は国民の人気がものすごく高いよな。間違っても傷一つ付けるわけにはいかないから、気合を入れて王都まで送り届けなければいけねぇな」

そんなザカリーを、クェンティンが真面目な口調で注意する。

「護衛対象がどのような方であれ、いついかなる時も傷一つ付けるべきではない」

クェンティンの言う通りだったため、ザカリーは素直に頷いた。

「その通りだな」

騎士団長たちが王太后を迎えにくることについては、前もって離宮に連絡が入っていたため、荷造りは既に済んでいたようだ。

そのため、それからわずか1時間後、王太后と4人の聖女、侍女たち、近衛騎士団の騎士たちは王都に向けて出発した。

そして、彼らを守護するように、3人の騎士団長を含む2ダースの黒竜騎士団の騎士たちが同行したのだった。

55　王城勤めの聖女たち

「はて、どうして私はベッドで寝ているのかしら？」

昨晩の記憶がサヴィス総長とお酒を飲んだところで途切れている私は、ベッドの上で半身を起こすと首を傾げた。

「まずいわ、昨日の記憶が途中で切れているわね。サヴィス総長に勧められて、ワインを1本空けたところまでは覚えているのだけど、そこから先の記憶が一切ないわ。うーん、あの時点ではまだ料理の半分も出されてなかったと思うけど、それ以降の記憶がないのは、食事の途中で戻ってきたから……というわけではないわよね」

なぜなら私が王城のお肉とケーキを諦めるはずがないからだ。

いや、お肉とケーキを食べた記憶がないから、実際にメニューとして提供されたかどうかは分からないのだけど。

そう考えながら、ちらりと太陽の位置を確認した私は、残念ながら、遅くまで食事をしていた可能性が高いようだわ、と顔をしかめる。

時間は既に、お昼に近かったからだ。

いくら今日が休みとはいえ、こんなに遅い時間まで眠っていたのは、それ相応にお酒を飲んだからだろうし、これだけ長時間眠ったにもかかわらずお腹が空いていないのは、昨日の晩にたらふく飲み食いしたからだろう。

私は少し考えた後、『こんな時には』と覚悟を決めて、膝の上で丸まっているザビリアに顔を向ける。

「ザビリア、聞きたいことがあるのだけど、初めに言っておくわ。私が知りたいのは完全なる事実ではなく、絶望しない程度のそれなりの事実よ。だから、あまりに厳しい真実は必要ないわ。それで、昨晩の私はどんな様子だったのかしら？　何か言っていた？」

ザビリアは私を見つめた後、考えるかのように首を傾げた。

「昨晩のフィーアはご機嫌だったよ。『困った時は私を頼るよう総長に伝えてきたわ！』と言っていたかな」

「えっ、私が騎士団のトップに対して、そんな大それたことを言うわけがないわ！　私はもっと、わきまえているタイプだもの……そのはずよ」

咄嗟にそう否定したものの、昨日の記憶がないため、状況次第ではそういうことを口にしたのかもしれないと思い直す。

「うーん、もしも実際にそんな大きなことを言ったとしたら、一体どういう話の流れで口にしたのかしら。それ相応の場面でなければ、私がそんなことを言うはずないし、よっぽどのことがあったはずよ」

私は腕を組むと、一生懸命昨夜のことを思い出そうとする。

「総長が困っていた場面に遭遇した？　ううーん、だとしたら、それはどんな場面なのかしら。たとえば私とのお酒飲み対決に負けたとか？　……そんなわけないわよね。総長はものすごくお酒に強いし。だったら、クェンティン団長やデズモンド団長の奇行に悩まされたとか？　……これはありそうな話だわ。この間も……」

ぶつぶつと呟いていると、ザビリアが思い出したように情報を追加してきた。

「そう言えば、『お酒を飲み過ぎたため、今晩のことは何一つ覚えていないはずです』と言ったら、『健康的な考えだな』と返された』と、『ご満悦だったな」

「えっ！　私はそんなことを言っていたの？」

それはとっても大事な情報だったため、ザビリアに聞き返す。

「うん、言っていたね。フィーアは喜んでいたけど、それは褒め言葉じゃないんじゃないかな、って思いながら聞いていたから間違いないよ」

「……そうなのね」

ザビリアの会話の後半部分は不要なものだったけれど、全体として素晴らしい情報を入手した私は、嬉しくなってザビリアに抱き着く。

「やったわ、ザビリア！　お酒を飲むと記憶がなくなることを総長に伝えているなんて、完璧じゃないの！」

「そうなの？」

きょとりと首を傾げて尋ねてくるザビリアに、勢いを込めて頷く。

「そうよ！　サヴィス総長は理解がある上司だから、私がそう申告した以上、『あの時こう言っていたから』と、酔っていた時の発言を盾にすることはないはずよ」

だから、私がどんな発言をしていたとしても、問題にならないわ。

やったわ、これで昨日の夜に何を言ったかしら、と思い悩む必要はなくなったわね！

そう考えて喜んでいると、ザビリアは呆れた様子で呟いた。

「確かにフィーアは健康的な考え方をするよね」

「まあ、ザビリアからも褒められたわ！」

私はご機嫌でザビリアの頭を撫でる。

それから、一気に気分が軽くなった私は服を着替えると、遅めの朝食を取るために食堂に向かったのだった。

女子寮を出て、食堂を目指して歩いていると、途中でデズモンド団長と出くわした。

爽やかに挨拶をして別れようとしたけれど、どういうわけか食堂まで付いてくる。

そのため、まさかまた私の食事をかすめ取ろうとしているんじゃないでしょうね、とじろりと睨み付けた。

「デズモンド団長、何度も言っていますけど、ここは一般騎士用の食堂です。団長には特別に調理された美味しい食事が出る、騎士団長専用の食堂があるじゃないですか！」

私の言葉を聞いたデズモンド団長は、そ知らぬ振りでトレーを取ると、その上にひょいひょいと料理の皿を載せていった。

どうやらここで食べる気満々のようだ。

「フィーア、食堂は食堂だ。王城で王族に提供される料理でもあるまいし、それほど大きな違いはないだろう」

あら、何か引っかかる言い回しをするわね。

そう思いながら、じとりと見つめていると、デズモンド団長はたくさんの料理を載せ終えたトレーを持って、私の前に座ってきた。

「こんな中途半端な時間に朝食を取るってことは、お前は昨夜、ものすごく深酒したな。それはいい。問題は、晩餐の席で総長に何を言ったかだ。晩餐後、護衛に就いた騎士たちからの報告では、総長は長い時間庭に出て、月を眺めていたらしいぞ。普段、そんなことをする方じゃないのに！」

「えっ！」

どうして総長と一緒に晩御飯を食べたことをデズモンド団長は知っているのかしら、と思ったけれど、団長が情報通だったことを思い出す。

デズモンド団長は職業柄いつだって色々な情報を掴んでいて、そのことを基に説教をしてくるのだ。今日のように。

……と考えを飛ばしていたところ、鋭い視線を感じたため顔を上げる。

私が返事をせずに、何事かを考えていたことが不満だったようで、デズモンド団長は鋭い目で私を睨み付けていた。

そのため、睨み付けられながら返事を待たれるという、全く心休まらない体験を強いられた私は、この不快な時間を少しでも早く終わらせたくて、必死で昨晩のことを思い出そうとする。

けれど、どんなに考えても、覚えていないものは覚えていないのだ。

「う、うーん、そうですね、模範的な騎士の私のことですから、『総長はイケメンですね』とか、『総長に選んでもらったお酒が美味しいです』とか、そういった上司を持ち上げる発言をしたんじゃないですかね」

覚えている範囲で無難な答えを返したというのに、私の言葉を聞いたデズモンド団長は、信じられないといった表情を浮かべた。

「お、お前はマジでそんなことを言ったのか!?　総長に対してイケメンですねって、思っても普通、口にはしないだろう!!　相手は騎士団総長だぞ!?　……そ、それから、お酒を選んでもらうって何様だ？　お前が選べよ!!」

「ええっ！」

思ってもみないことを指摘されてびっくりする。

ごく常識的だと思っていた発言で苦情を言われるのであれば、『総長は騎士服以外の服を持っているんですね』と言ったことは黙っていた方がよさそうだ。

そう考えて口を噤んでいると、デズモンド団長はため息をついた。

「まあいい。一般的に考えたら問題行動だが、お前の行動と考えれば通常運転の範囲内だ。総長であれば、呑み込んでくださるだろう。だから、そういうことじゃなくて、お前はもっと突飛なことを発言したはずだ。総長を長時間庭に立たせるような、一体何を言ったんだ？」

それは私が聞きたい話だ。

「そうですね……困った時は私を頼るように言ったような……」

ぼそぼそと呟くと、デズモンド団長はかっと目を見開いた。

「それだ!!　お前は何てことを総長に言ったんだ!?　ああ、『お前ごときに頼らなければいけないと思われるなんて』と、総長は衝撃を受けられたんだな。フィーア、冷静になれ!!　１００年経っても、総長がお前を頼ることは絶対にない!!」

デズモンド団長から自信を持って決めつけられ、私はむっとする。

「お言葉ですが、最近の私はセルリアンとドリーに頼られまくりなんですよね！　そうであれば、セルリアンの血族でもある総長にだって……」

そこで一旦言葉を切り、わざとらしく勝ち誇った笑みを浮かべると、デズモンド団長は信じられないとばかりに大きく口を開けた。

「おっ、お前……マジで総長だけは止めておけ！　総長は1人で何だってできる方だから、お前の助けがなくても1人でやれる。お前が関わることで総長がおかしくなったら、オレは未来永劫お前に文句を言うからな!!」

まあ、気が多くて、1つのことに長く集中しなそうなデズモンド団長の未来永劫ってのは、どのくらいの長さなのかしら。

「分かりました。それでは、私は総長のことが大好きですが、デズモンド団長の脅迫に負けて身を引きます」

片手を口元に当て、しおらしくそう言うと、デズモンド団長は怒り心頭に発した様子で大きな声を出した。

「フィーア、お前はわざと言っているだろう！　オレがそういう意味で言ったんじゃないことは分かっているだろうし、お前だって……」

しかし、デズモンド団長はそこで言い止すと、何かを閃いたとばかりに口を押さえる。

「あっ！　そう言えばこの間の会議で、クラリッサがお前の本命は……」

そして、デズモンド団長はもう一度言葉に詰まると、まるで乙女のように頬を染めて私を見つめてきた。

「えっ、本気なのか!?」

「身を引く話ですか？　もちろん本気ですよ。ですけれど、そうしたらお祝いの席での余興役がいなくなるので、困ったことになるんですよね。ここはデズモンド団長に責任を取ってもらう形で、代わりを……」

こうなったら仕方がない。総長の結婚祝いの席で、セルリアンとともに余興を披露する役はデズモンド団長に譲ろうと発言しかけたけれど、肝心の団長は私から視線を外すと、私の背後を見つめ始めた。

そのため、まあ、何て集中力がないのかしらと呆れた気持ちになる。

不服な気持ちを表すつもりで、じとりと見つめてみたけれど、案外マイペースなデズモンド団長は意に介した様子もなく、私の後ろを指差した。

そのため、今から大事な話をしようと思っていたのに、と苦情を口にする。

「デズモンド団長、私と会話をしている最中に面白そうなものが目に入ったからといって、別のことに意識を向けるのは止めてください」

すると、デズモンド団長はそうではないと大きく手を振った。

「いや、そうじゃなく、プリシラ聖女だ」

「え？」

デズモンド団長の言葉にびっくりして振り返ると、食堂の入り口にプリシラとその養父であるロイドが立っていた。

◇　◇　◇

「食堂に来たということは、２人はご飯を食べるつもりかしら？」

　ここは騎士専用の食堂だけど、と思って呟くと、デズモンド団長が顔をしかめた。

「絶対に違う。ロイドがお前から視線を逸らさないから、お前を捜しに来たんじゃないのか」

「あっ、そういうことですね」

　先日、オルコット公爵邸を訪れた時は、プリシラとほとんど話をすることができなかった。

　そのため、もう一度顔を合わせて話をする機会が持てるのかしら、と嬉しくなる。

　私は急いで席を立つと、入り口にいる２人に向かって歩いて行った。

　すると、何だかんだで礼儀正しいデズモンド団長が、後ろから付いていきてくれる。

「こんにちは、ロイド、プリシラ聖女」

　そう声を掛けると、ロイドがにこりと微笑んだ。

「やあ、フィーア、今日は休みなんだってね。そんな日に悪いのだけど、これからプリシラとともに王城内にいる聖女様たちを訪問する予定なんだ。シャーロット聖女は君の友達でもあることだし、一緒に付いていきてもらえないかと思って」

ロイドの申し出を聞いた私は、元気に即答する。

「もちろん、一緒に行くわ！」

まあ、王城内の聖女たちとも会えるなんて、今日は何ていい日なのかしら。

私はにこにこと笑みを浮かべると、後ろに立っているデズモンド団長を振り返った。

「デズモンド団長、お誘いを受けたので、聖女様のところに行ってきますね」

既に朝食は食べてしまっていたため、このまま聖女たちのもとに向かおうと考えながら、退席のお断りを入れる。

すると、デズモンド団長が何かを言いかけたけれど、それより早く、ロイドが興味深そうに尋ねてきた。

「デズモンドは女性に興味がないと言いながら、フィーアは例外なんだね。この短い期間で、二度も君とフィーアが2人きりで食事をしている場面に出くわすなんて、もしかして毎日一緒に食事をしているのかな？」

明らかなからかいの言葉だというのに、デズモンド団長は即座に言い返す。

「そんなわけないだろう！　そもそもフィーアはオレだけでなく、昨夜も」

「昨夜も？」

何か面白い話でも飛び出してくるのかと、興味深そうに目を輝かせるロイドに対し、デズモンド団長ははっとした様子で口を噤むと首を横に振った。

「いや、何でもない。それよりも、フィーアを連れていくなら、騎士服に着替えさせた方がよくないか？」

その様子を見て、どうやらサヴィス総長と食事をしたことは黙っていた方がよさそうね、と心の中で独り言ちる。

そもそも昨日の会話を覚えておらず、「どうだった？」と聞かれても答えられないため、黙っていることが得策なのは間違いないだろう。

そう納得しながら自分の格好を見下ろすと、仕事が休みだったため私服を着ていた。

デズモンド団長の言葉通り、騎士服に着替えた方がいいかしら、と小首を傾げていると、ロイドが片手を横に振った。

「問題ないよ。フィーアに騎士として護衛してもらうつもりはないからね。だが、今日のように白いワンピースを着ていると、聖女様に間違えられるかもしれないな」

そう言いながら楽しそうに笑うロイドは、聖女に対するおかしなウィット心が働き出しているように見えた……いつものことだけど。

シリル団長といい、ロイドといい、どうも聖女について複雑な思いを抱いている者が何人もいるようね。

もう十分面倒なことになっているから、せめてこれ以上同じような人が増えませんように、と私は心の中で祈ったのだった。

さて、そんな事情でご一緒することになったプリシラだけど、今日もやっぱり口数が少なかった。

実は寡黙なタイプなのかしら、と思いながらロイドの話に相槌を打っていると、あっという間に聖女たちが暮らす離宮に到着する。

「離宮は敷地内の一番奥にあるため、聖女様方と出会うことは滅多にないのよね」

誰にともなくそう呟くと、ロイドはにやりと唇の端を上げた。

「それぐらいの関係がベストなんじゃないの。遠く離れた場所で憧れている方が、実物をまじまじと見るよりも、美しい聖女様を感じられるんじゃないかな」

ロイドの皮肉は、聖女であるプリシラの前でも健在のようだ。

返事のしようがなく、黙って目の前にある離宮を見つめていると、ロイドは離宮の入り口に詰めている騎士たちに近付いていった。

それから、何事かを告げる。

すると、執事らしき男性が現れて、すぐに中へ通してくれた。

執事に先導され、長い廊下を３人で歩いていると、ロイドが訪問目的を説明してくれる。

「今日は、聖女様の普段の様子を見せてもらおうと思っているんだ。ちょっと権力を使って公務ってことにしといたから、仕事っぽい顔をしておいてね」

わあ、さすが公爵様。その気になったら、大きな力を持っているのね。

そう感心していると、日当たりのいい広間に通された。

ロイドの後ろから部屋の中を見回すと、そこには10名ほどの聖女がいて、部屋のあちこちに置かれているソファに分かれて座っていた。

彼女たちの数名は本を読んでおり、別の数名は集まって話をしている。

また、残りの者たちは薬草入りの瓶を眺めたり、窓から外を眺めたりと、思い思いのことをしていた。

興味深く見回していると、遠くから声が上がる。

「フィーア！」

視線をやると、シャーロットが嬉しそうに走ってくるところだった。

「今日は公爵様が大聖堂育ちの聖女を連れてくるって聞いていたのだけど、まさかフィーアまで来てくれるとは思わなかったわ！」

そう言いながら、笑顔で私を見上げてくるシャーロットを見て、私も嬉しくなる。

「今日はお休みだったから、ロイドに声を掛けてもらったの」

「ロイド？」

首を傾げたシャーロットに向かって、ロイドが楽しそうに片手をひらひらと振った。

その姿を見て、ロイドとはオルコット公爵のことだ、と思い当たったシャーロットが目を丸くする。

「えっ、フィーアったら公爵様を呼び捨てにしているの？　この間、公爵邸を訪問した時はそうじゃなかったわよね。まあ、フィーアはすごいのね。すぐに誰とでもお友達になれるんだわ」

称賛するようなシャーロットの眼差しを見て、私は大きく首を傾げた。

「うーん、この場合は、よく分からない偶然が働いたのだと思うけど。具体的に言うと、道化師に弟子入りしたら、ロイドとお友達になったのよね」

「えっ？」

私の言葉を理解できない様子で聞き返してきたシャーロットを見て、そうでしょうね、分からないわよねと思う。

「つまり、全く異なることをやっていたのに、思いがけない結果につながることがあるってことよ」

「……そうなのね」

全く理解できていないだろうに、それ以上尋ねてこないシャーロットはいい子だと思う。

よしよしと頭を撫でていると、20代前半くらいの茶色い髪をした聖女が近付いてきた。

彼女はロイドに向かってまっすぐ歩いてくると、「聖女のドロテ・オベールです」と自己紹介した。

「私はこの離宮にいる聖女たちを取り仕切っています」

そう言うと、ドロテは離宮で暮らす聖女について簡単な説明を始めた。

「ここには20名の聖女がいます。そのうち10名は、本日、騎士とともに『星降の森』に出掛けています」

「ああ、なるほど。だから、聞いていた人数よりもだいぶ少なかったんだね」

ロイドがそう感想を漏らすと、ドロテは彼をちらりと見た。

「本日は離宮を視察されると聞いています。ご案内する前に、よければ一言お願いできますか」

「ああ、もちろんだよ。紳士として自己紹介を欠かすわけにはいかないからね」

ロイドは軽い調子で答えると、その場にいる聖女たちをぐるりと見回した。

いつの間にか、彼女たちは作業の手を止めて、こちらを見ている。

「初めまして、オルコット公爵のロイドです。最近、僕には義娘ができましてね。こちらにいるプリシラです。義娘は大聖堂から迎えた聖女でもあるので、よければ王城付きの聖女様たちから学ばせてもらいたいと考え、本日は離宮の視察に来ました。それから、こちらはフィーアです」

聖女たちはじろじろとプリシラを見た後、どういうわけか、同じようにじろじろと私を見つめてきた。

そのため、離宮で暮らす聖女たちは好奇心が旺盛なのかしら、と考えながら、にこやかに挨拶をする。

「初めまして、フィーア・ルードです」

けれど、しんとした沈黙が落ちただけで、聖女たちは誰一人微動だにしなかった。

◇　◇　◇

私が挨拶をしても誰一人反応しなかったため、聖女たちは好奇心が旺盛だと思ったのは、私の勘違いだったのかしらと思っていると、突然、小さな手で一生懸命拍手が起きた。

視線をやると、シャーロットが小さな手で一生懸命拍手をしていた。

どうやら歓迎の気持ちを表してくれているようだ。

見学者の私にまで拍手をしてくれるなんて、シャーロットは気遣いの達人だわ、と嬉しく思っていると、「シャーロット、拍手をする場面ではないわ」と隣の聖女から注意されていた。

まあ、シャーロットは善意で拍手をしてくれたのに、と申し訳なく思ったけれど、私が口を開くよりも早くロイドがなだめる言葉を口にする。

「シャーロット聖女の行動を見逃してくれないかな。彼女は僕たちを歓迎してくれたのだし、僕は嬉しく感じたのだから」

シャーロットに注意をした聖女は白けた表情を浮かべると、ぷいっとそっぽを向いたため、ロイドはシャーロットに向かって苦笑を浮かべた。

ドロテはそれら一連のやり取りを見ていたものの、口を差し挟むことはなく、何事もなかったかのように再び説明を始める。

「聖女は祝福を与えられた特別な女性の呼称で、その数は限られています。聖女を20名も集めている施設は、大聖堂と大規模な教会を除くと王城以外にありません。ここにいる聖女たちの主な業務は、騎士団の魔物討伐に同行すること、病人の病を治すこと、回復薬を作ることの3つになります」

ドロテの説明を聞いた私は、あれ？　と思って首を傾げた。

病人を治すことが主業の1つならば、ペイズ伯爵家のエステルもここで治してもらえばよかったのに、と思ったからだ。

ペイズ伯爵は貴族だから、その立場を利用して、王城勤めの聖女たちに娘の治療を頼むことができたのじゃないかしら。

私の疑問は顔に出ていたようで、隣で私を観察していたロイドが補足してくれる。

「王城勤めの聖女様の業務は、あくまで王城に関することに限られるんだ。そのうえ、病人を治すためにはより多くの魔力が必要になるから、基本的には王族のみが対象になるんだよ。王城で死にかけた高位貴族や高官なら、運が良ければ治療してもらえるかもしれないが、その辺りまでだ」

以前、魔物討伐に同行した聖女たちが、怪我を治すのに3人がかりで対応していたことを思い出す。

あの姿を基準に考えると、病気であれば、もっと多くの人数で対応するのかもしれない。

そうだとしたら、ロイドの言う通り、対象者を限定しないと対応できないに違いない。

「そうなのね」

納得して頷くと、ロイドは仕方ないとばかりに両手を広げた。

「うん、他の施設に比べたら20名という数は多いと思うかもしれないけど、王城の規模を考えたら全く足りていないからね。正直に言って、よそに割ける人員はいないんだよ」

なるほど、聖女の数は思っていた以上に少ないのだわ。

３００年前は女性の半分が聖女だったから、随分減ったものね。

思わず無言になった私を何と思ったのか、ロイドが皮肉気に唇を歪めた。

「恩恵にあずかっている者は気付かないのかもしれないが、そもそも魔物討伐に聖女様を同行させられる騎士団がものすごく優遇されているんだよ。筆頭聖女が王妃であるからこそ、許された特権だろうね」

そう言えば、以前、レッド、グリーン、ブルーの３人と魔物討伐に行った際、３人がちっとも怪我をしないので驚いたことを思い出す。

あの時、３人になぜ怪我をしないのかと質問したところ、『聖女様は王侯貴族に付随するもので、冒険者には絶対に同行しない。回復薬を飲んでも、怪我が治るまで時間がかかるから、怪我をしないような立ち回りをする』というような言葉を返されたのだった。

つまり、魔物討伐に聖女が同行するのは、限られたケースなのだろう。

「本当に聖女様の数が少ないのね」

思わずそう感想を漏らすと、その通りだと頷かれる。

「そう。そして、その少ない聖女様の世界は、筆頭聖女を頂点とした縦社会になっている。基本的に上位の聖女様に逆らうものではないんだよ」

「なるほど、騎士と同じようなものね」

以前、上位の聖女たちには序列が付けられている、と聞いたことをふと思い出す。

あの序列は筆頭聖女を選定する際に、付け直されるのだろうか？

だとしたら、筆頭聖女の選定会は10年や20年に一度しか開かれないみたいだから、その間は一切、順位の入れ替わりはないのだろうか。

さらに、シャーロットのように新たに聖女になった者の順位はどうなるのだろう。

次々に疑問が生まれたけれど、シャーロットを前に質問する内容ではないように思われたため、後で尋ねようと胸の中にしまい込む。

シリル団長、デズモンド団長、カーティス団長、ファビアン、セルリアン……ちょっと考えただけでも、すらすらと答えてくれそうな人物がたくさん思い浮かんできたため、世の中には物知りな人が多いわよねと安心した私は、先送りにすることにしたのだ。

ほほほ、私がちょっとくらい物を知らなくても、何でも答えてくれる人を知っていれば解決するのだから、持つべきものは賢い知り合いよね。

世界の真理を摑んだ気になって、むふふと笑っていると、ロイドに呆れたように見つめられた。

けれど、ロイドはすぐに気を取り直した様子でドロテに向き直る。

「ところで、この部屋で聖女様方は何をしていたのかな？」

ドロテは広間の中にいる聖女たちを見回した後、ロイドを見つめた。

「聖女の魔力量は限られているので、１日に使用できる魔法は限られています。また、魔物討伐に同行するなど、大量に魔力を使用した後の３日間は魔法を使用しません。そのため、魔力を使わない方法で自分を高めておりました」

具体的にはどういうことかしらと目を瞬かせたけれど、ロイドは理解したようで、にこやかに頷く。

「なるほど。あの窓際で本を読んでいた聖女様方は、薬草の知識を高めていたのかな？」

「その通りです。薬草は全部で82種ありますが、それらの中には雑草と似通った形状のものや、特殊な場所でしか見つからないものも多いため、図鑑と実物を見比べながら、学習していたところです」

その説明を聞きながら、思わず窓際に視線をやると、ソファ近くにあるテーブルの上には、図鑑とともに薬草が入った籠が置いてあった。

そのため、ロイドは「熱心な聖女様たちだね」と、感心した様子でプリシラに話しかけていたけれど、ここで着目すべきはそれでなく……

「…………」

おずおずとした様子でこちらを見ているシャーロットと、いつの間にか見つめ合ってしまう。

そうだった。以前、シャーロットからも『現在、薬草として指定されているものは82種しかない』と聞かされて、驚いたのだった。

私が大聖女だった頃には、もっと多くの種類の薬草があったので、この300年の間に薬草の数が随分減ってしまったようだ。

もちろん、82種以外の薬草も立派に現存しているのだけど、薬草の知識が失われてしまったため、ただの雑草だと認識されているのだ。

昔は300種類とか、400種類とかの薬草があったのに……と残念に思っていると、「私は図鑑に載っている薬草は全て覚えていますわ」とロイドに返すプリシラの得意気な声が聞こえた。

「それはすごいね。プリシラはその82種の薬草全てを使用したことがあるの？」

好奇心も露(あらわ)に尋ねるロイドに対し、プリシラは一瞬言葉に詰まったけれど、すぐにつんとして答える。

「82種のうち、20種ほどは非常に入手が困難な薬草になりますわ。さらに、その中の5種はまず滅多に手に入らない薬草で、図鑑にも『生きているうちに、どれか1つでも目にすることができたら、あなたは幸せです』と記載されているほどの代物なんです」

「………………」

またもやシャーロットと目が合う。

以前、シャーロットからサザランドのお土産に珍しい薬草がほしいと要望されたため、サザランドで目に付いた、３種類の薬草を持ち帰ってきたことがあったのだ。

喜んでくれるかなと期待しながら贈ったものの、それらは全て薬草図鑑の最高級難易度のページに載っている代物だ、とシャーロットに目を丸くされたのだった。

『黄風花』、『赤甘の実』（ただし、甘いものに限る）、『海大葉』と、私としては黄、赤、緑の彩りが綺麗なものを集めたつもりだったのだけれど、現在においてはものすごいレア薬草だったらしい。

面倒を起こしてはいけないからね、と床を見つめて口を噤んでいると、プリシラの物言いにカチンときたらしい聖女の１人が、馬鹿にしたような声を出した。

「まあ、そんなに大した薬草でもないんじゃないかしら！　だって、まだ幼子のシャーロットですら、スーパーレア薬草と言われるものを簡単に入手してきたくらいだから」

「何ですって？」

プリシラが睨むようにシャーロットを見つめてきたので、驚いたシャーロットはびくりと体を跳ねさせる。

それから、シャーロットは困ったようにプリシラを見上げたまま口を噤んだので、彼女の後ろにいた聖女が代わりに、馬鹿にしたような声で続けた。

「そうね、シャーロットは『黄風花』、『赤甘の実』、『海大葉』の３種類を入手したんだったわね！

ふふふ、図鑑でいくと、最高級難易度に当たるのかしら？」

そうよね。よく考えたら、シャーロットのことだから、贈った薬草を独り占めするはずもなかったわよね。

そう彼女の性格を分析していたけれど、ふと顔を上げると、勝ち誇る王城の聖女たちと、腹立たし気に睨み付けるプリシラ、その間で俯いているシャーロットの構図ができていたのだった。

「あれっ、険悪？」

プリシラと聖女たちが対立しているように見えたため、困ったわねと眉を下げる。

この300年の間に、聖女自体の数が減ったことに加えて、聖女に関する多くの知識や技術が失われているから、いがみ合うことなく、お互いが知っている知識や技術を共有して、学び合った方がいいのに。

何よりいがみ合っていたら楽しくないわよね、と思っていると、プリシラが鋭い声で問いただした。

「『黄風花』、『赤甘の実』、『海大葉』だなんて、大聖堂でも滅多に揃わない素材じゃないの！　それを全て手に入れたですって？　そんなことがあるものかしら。一体どうやって手に入れたの？」

「えっ、それはその……」

プリシラが一大事とばかりに詰め寄ってきたので、私の名前を出しにくかったのか、シャーロットは言葉に詰まると下を向く。

その様子にプリシラは怪しさを感じたようで、さらにまなじりを吊り上げた。

「入手方法を明かせないのかしら？」

「シャーロットは騎士から、サザランド土産としてもらったと言っていたわよ」

疑われていることを不快に感じたようで、他の聖女がさらりと答えると、ロイドがまさかという表情で私を見つめてきた。

えっ、どうしてここで反射的に私を見つめるのかしら。

確かに私は騎士だけど、他にもたくさん騎士はいるじゃないの。

それなのに、何の根拠もなく、犯人を見るような目で見つめてくるのは止めてもらえないかしら。

結果として、当たっているからまずいのよね。

これはよくない状況だわと思った私は、誤魔化してしまおうと、気軽い調子で口を開く。

「ああー、そうだったわね！　騎士たちは小さなシャーロットのお土産に黄、赤、緑の色が綺麗な植物を持ち帰ったって話だったわよね！　まさかそれがレア薬草だったなんて、騎士たちもびっくりよね！　彼らは雑草だと思っていたのに、それを薬草だと見抜いたシャーロットの慧眼がすごいのでしょうけど!!」

ある意味、嘘ではない。

『赤甘の実』は私自身が採取したけれど、『海大葉』はサザランドの民が深い海の底から採ってきたものだし、『黄風花』はカーティス団長が黄紋病の特効薬の材料として、大量に採ってきたものの余りだ。

それらをシャーロットのお土産に選んだのは、色が綺麗だったからだし、実際に彼女はその3つが珍しい薬草であることに自分で気付いたのだから。

つまり、色味が綺麗ねと思って持ち帰ったお土産がたまたま珍しい薬草で、それらが薬草だとシャーロットが気付いたことは事実なのだ。

だから、素直にシャーロットの知識を褒めるべきじゃないかしら。

そう考えながら、とっても明るい声で説明したのに、なぜだかその場に重苦しい沈黙が落ちる。

そんな中、ロイドが疑わし気な声を上げた。

「そんな驚くような偶然があるものかな?」

素直に頷いておけばいい場面で、わざわざ疑問を呈してくるロイドは、一体何がしたいのかしら。

そう不満に思った私は、『黙っていてちょうだい』という気持ちを込めて、ぎらりとした目で彼を睨み付ける。

「もちろんあるわよ。実際のところ、世の中には指定されている82種より多くの薬草が存在するはずだから、適当に摘んできたら新しい薬草だったということだって日常茶飯事じゃないかしら」

既に400種類以上の薬草が認定されていた300年前ですら、次々に新たな薬草が発見されていたのだ。

それに比べたら、図鑑に載っている薬草を摘んでくることなんて、珍しくも何ともない話のはずよ。

きっぱりと言い切った私の迫力に押されたのか、ロイドは大きな体をぶるりと震わせた。

「……そうか。そんな恐ろしい日常を経験したことがないから、そうだねと相槌も打てないな。フィーアの日常と僕の日常は、全く異なるみたいだね」

ロイドったら、何を言っているのかしら。

私の日常なんて、平和で平凡そのものだわ。

聖女たちが黙り込んだことから、何となく誤魔化せたような気になった私は、俯いているシャーロットの頭を撫でる。

「だから、偉いのはシャーロットよ。図鑑に載っている薬草を全部覚えていて、お土産を見た瞬間にどの薬草なのか全て気付いたのだから」

「フィーア、それは……他の聖女たちが教えてくれたおかげだわ」

シャーロットは顔を上げると、周りに立っている聖女たちを見回しながらそう答えた。

すると、聖女たちはまんざらでもなさそうな表情を浮かべる。

まあ、小さいシャーロットがこの場の雰囲気をよくしているのね。

一気に雰囲気が柔らかくなったため、今ならいいかしらと、先ほどから気になっていた疑問をドロテに尋ねる。

「ところで、先ほどの話では魔力が不足するので、魔法を使わない期間が存在するとのことでしたよね。そういった場合、魔力回復薬は使わないんですか？」

純粋に疑問に思って尋ねたのだけれど、なぜだかドロテに睨み付けられた。

「よっぽどの必要がなければ使用しません！」

あれ、私はおかしな質問をしたのかしら、と思いながらロイドを見上げると、彼はおかしそうに口元をほころばせる。

「ふふふ、フィーアは本当に何も知らないんだね。多くの聖女様は基本的に、魔力回復薬を使用しないんだよ。なぜなら回復薬を飲むと激痛が走るが、魔力回復薬はあの何倍もの激痛を聖女様に味わわせるんだからね」

「えっ！　回復薬の数倍の痛み!!」

以前、回復薬を使用した際の痛みはどの程度のものだろう、と試してみたことがあったけれど、想像以上に痛かったことを思い出す。

あの時、こんなに痛いんだったら、回復薬は二度と使用しないわ、と心に決めたのだ。

それなのに、あの数倍の痛みですって？

「それは絶対に使いたくないわね!!」

顔をしかめながらドロテに同意すると、ロイドが頷きながら言葉を続けた。

「そうだね。そもそも即効性とはとても言えなくて、魔力回復薬を飲んでも効果が現れるまでには1日程度かかるんだ。さらに、回復する魔力量も半分くらいだから、実質的な効果は大きくない。僕が聖女様だったとしても、3日ほど魔法を使用せずに過ごして、力を温存する方法を選ぶだろうね」

「よく分かるわ！　私ならば、ご飯を食べるわね」

力強く同意すると、ロイドに苦笑される。

「ご飯って……魔力枯渇と空腹は全くの別物なんだけどな」

ロイドにとってはそうでも、私にとっては似たようなものよ。

どちらにしても、その恐ろしい魔力回復薬は絶対に使いたくないわね！

そう心の中で決意したけれど、一方で、回復薬同様に魔力回復薬もいつの間にか劣化していたことにがっかりする。

けれど、考えてみたら当然の話かもしれない。

日々、多くの人々が使用する回復薬ですら、間違った作り方をされていて、失敗作が出回っているのだから、限られた者しか使用しない魔力回復薬が同じような経緯を辿っていたとしても不思議ではないはずだ。

「ううう、でも、回復薬の数倍の激痛というのは……さすがに試す気にならないわね」

通常であれば、どんな風に悪作用するのかを、自分の体を使って確認してみるものだけど、回復薬の数倍の激痛と聞くと勇気が出ない。

間違いなく、ご飯をたくさん食べて、魔力を回復した方がいいもの。

うーん、でも、シャーロットたちが魔力回復薬を必要とする場合もあるだろうから、正しい薬を作っておいた方がいいのかしら。

いや、でも、ずっと私が1人で作り続けるわけにもいかないから、自分たちで作ってもらった方がいいわよね……うーん。

「フィーア、何を考えているの？」

腕を組んで考え込んでいると、ロイドから興味深そうな表情で質問された。

「痛みのない魔力回復薬を作る方法よ」

考え事に熱中していたため、さらりと答えると、驚いて聞き返される。

「えっ、そんなことができるの？」

できるわ。というか、今の一瞬で閃いたわ。

ほほほ、こんな短時間で閃くなんて、私は天才かもしれない。

自分の才能に恐ろしさを感じながらも、私は声を潜めると、ロイドにひそりと囁(ささや)いた。

「例の薔薇よ。あの薔薇から『痛みを取る効果付きの花びら』を探してきて混ぜれば、痛みのない魔力回復薬ができるはずだわ」

あっ、というか、これは通常の回復薬にも応用できるんじゃないかしら。

天才の閃きに嬉しくなって、目を輝かせながら彼を見上げたけれど、ロイドは顔をしかめた。

「そんなに都合のいい効果が付いた薔薇が咲くものかな？　フィーアは少し楽観的過ぎない？」

「ほほほ、氷から水を作るよりも簡単だわ！」

私が操作するからね。

実際には、緑の回復薬の泉のように、成功品の魔力回復薬を作る方が簡単だけど、その場合、作製者を探られることを恐れて、世に出せなくなるのよね。

結局のところ、緑の回復薬も堂々と公にすることはできなくて、魔物にしか使えていないし。

けれど、『大聖女の薔薇』に不思議な効能が付くことは関係者も納得済みだから、この花びらを使えば、大概の薬は受け入れられそうな気がするわ。

ロイドは疑うような表情で笑顔の私を見つめてきたけど、すぐに諦めた様子でため息をついた。

「考えるのは止めた。フィーアはいつだって僕の想像の斜め上をいくから、考えたって無駄だよね。はあ、でもフィーアみたいに幸運ばかりを呼び寄せる人っているんだね」

色々と隠していることがあるので、何も知らないロイドが幸運だと思う気持ちは分かるけど、私はきちんと根拠と理由に基づいて行動しているのよね。

と思ったけれど、最後はえいやぁ！　と勢い任せになるところがあるのは事実だから、運任せと言えばそうなのかしら。

いずれにせよ、天才の閃きを得た私は、ご機嫌な気分になったのだった。

◇　◇　◇

その後、聖女たちに離宮を案内してもらった。

ドロテが離宮内の主だった場所を順に案内してくれたのだけれど、その際に他の聖女たちも同行して、説明を補足してくれる。

聖女たちの表面的な態度はつんつんしているけれど、実際には親切なのじゃないかしら。

そう考えながら、シャーロットと手をつないで歩いていると、プリシラにじろりと睨まれた。

「あなた方は仲がいいの？」

「ええ、そうですね。シャーロットは幼い頃から家族と離れて暮らしているので、私は友達であると同時に、母親代わりでもあるんですよ」

そう胸を張ると、シャーロットがびっくりした様子で目を見張った。

「フィーアはまだ15歳でしょ。母親だなんてとんでもないわ！　私は今日で8歳になるのだから、……そうね、フィーアが嫌でなければ、お姉さんかしら？」

シャーロットは相変わらず気遣いの達人だったけれど、そのことよりも、今日が彼女の誕生日だという情報にびっくりする。

「えっ、シャーロットは今日が誕生日なの？　何てことかしら、急いでプレゼントを準備しないと！」

　何がいいのかしら、と頭の中で考えていると、シャーロットはにこりと微笑んだ。

「フィーアの顔が見られたから、それだけで何にもいらないわ。だって、フィーアが私のお姉さんならば、誕生日に家族の顔を見ることができた私は贅沢者だもの」

「シャ、シャーロット！」

　どうしてこの子はこんなにいい子なのかしら。

　私が姉だというのならば、ますますとっておきのプレゼントをあげないといけないわね！

　何がいいかしら、と考えていたところで、こちらを見つめているプリシラと目が合った。

　あ、しまった。会話の途中だったわ。

　シャーロットと私は仲がいいのかとの質問に答えたところだったから、次はこちらが同じことを尋ねるべきかしら。

「プリシラ聖女と仲がいいお友達は、大聖堂にいるんですか？」

　きちんと考えたうえで質問をしたというのに、どういうわけかプリシラは頬を紅潮させた。

「友達だなんて、そんなチャラチャラしたものは私に必要ないわ！」

「チャラチャラ……。まあ、友達がチャラチャラしているだなんて、面白い発想ですね。まるで装飾品じゃないですか」

　そうだとしたら、私はシャーロットにとって装飾品なのかしらと思いながら呟くと、話を盗み聞きしていたロイドが会話に加わってくる。

「確かに面白い発想だね。だったら、フィーアの友人である僕も、フィーアの装飾品ということになるね。僕は見栄えがいいから、いつだって身に着けてほしいものだな」

「うーん、そういうことを自分で口にするのはいかがなものかしら」

ロイドは綺麗な顔立ちをしているから、自分の外見を褒める発言をした場合、冗談に聞こえないのよね。そんな応対は、道化師としてイマイチじゃないかしら。

とは思ったものの、今は公爵モードなのかもしれないと思い直す。

それから、私のお友達はシャーロットの他に誰がいたかしらと考え……ザビリア、シリル団長、ファビアン……と浮かんだところで、装飾品として着けて歩くにはギラギラし過ぎているわ、と思考を停止した。

さて、私はお友達から思考を離すと、せっかくプリシラが話しかけてきてくれたのだから、このチャンスを逃すものではないわと、彼女と仲良くなるべく共通の話題を探すことにする。

「プリシラ聖女は大聖堂で暮らしていた、力の強い聖女様なんですよね？　よければその話を聞きたいです」

シャーロットも顔を輝かせると、すかさず同意してくる。

「私も聞きたいわ！　プリシラさんは次期筆頭聖女の最有力候補だと聞いているから、色々と教えてほしいと思っていたの」

シャーロットから期待に満ちた目で見上げられたプリシラは頰を赤らめたので、どうやらまんざらでもないようだ。

ちょうど離宮内の案内がいち段落したところだったので、再び広間に戻ってきた私たちは、大きなテーブルの周りに座って話をすることにした。

他の聖女たちも近くに座ってきたので、どうやら皆で聖女について語らう時間が持てるようねと嬉しくなる。

皆から視線を向けられたプリシラは、もったいぶった様子で髪を後ろに払うと、テーブルの上で指を組み合わせた。

「私は3歳の時の聖女検査で聖女だと判明したの。初めは出身地近くの教会で過ごしていたのだけど、7歳になった時に大聖堂に呼ばれたわ」

私の後ろに座ったロイドが、にこやかに補足してくる。

「聖女検査は3歳と10歳の時に行われるが、多くの聖女様は10歳の時の検査で聖女様だと認定されるんだ。3歳で認定されるのは魔力が強い聖女様だけだから、数が少ないんだよ」

その説明を聞いて、シャーロットは3歳の聖女検査で聖女に認定されたと言っていたことを思い出す。

つまり、シャーロットも幼い頃から魔力を感知することができた、力が強い聖女なのだろう。

頷く私に向かって、ロイドがさらに説明を続ける。

「それから、大聖堂に集められるのは、国内でも指折りの魔力が強い聖女様だ。あの場所には我が国選りすぐりの聖女様たちが集められているが、全員を合わせても50名に満たないのだからね」

ロイドの言葉を聞いたプリシラは、得意気な表情を浮かべた。

「大聖堂の聖女は入れ替わりが激しいの。あの場所では高い能力が要求されるから、期待に応えられない者が一定数出てくるわ。能力不足の聖女たちは大聖堂から出され、代わりに新たに認定された有望な聖女が招き入れられるのよ」

聖女たちは黙って話を聞いていたけれど、プリシラの最後の言葉を聞いた途端、不快そうに顔をしかめる。

それから、皆を代表する形で1人の聖女が口を開いた。

「そういう言い方は止めた方がいいわ！　大聖堂には有能な聖女を地域に分配する役割もあるから、聖女が大聖堂を出て行く理由は、能力が低いことだけではないはずだもの!!」

激しい口調で反論されたプリシラは、むっとした様子で髪を後ろに払う。

「あら、この中に大聖堂から異動してきた聖女がいるのかしら？　……そうね、言われてみれば、大聖堂から出される理由は魔力の多寡だけではないかもしれないわね。でも、これだけは言えるわ。大聖堂は決して、自分たちが手放したくないと思う強力な聖女を外に出すことはないわ！」

「な、何ですって!?」

「だからって、あなたが強力な聖女であるとは限らないでしょう!!」

突然、けんけんごうごうと言い合いを始めた聖女たちを見て、これは意見交換の範囲なのかしら、と判断に迷う。

聖女として誇りを持つことも、自分の能力を信じることも悪いことではないから、もう少し放っておくべきかしら。

ただちょっと、プリシラは言い方で損をするみたいだけど……と悩んでいると、ロイドが袖を引っ張ってきた。

それから、ひそひそと囁いてくる。

「フィーア、仲裁をしたいんだったら、君がデズモンドと肉ツアーに行く話をするのはどうかな。こういう場合は、全く違う話をして話題を転換するのがいい方法なんだよ」

まあ、どうしてロイドは肉ツアーのことを知っているのかしら。

そう驚いたけれど、彼は楽しそうに手をひらひらと振ってきたので、そうだった、ロイドは公爵だから、情報収集はお手の物なのだわと納得する。

それから、そんなロイドの提案は的確なのかもしれないと考え、アドバイス通りに明るい声を上げた。

「ああー、大聖堂と言えば、ディタール聖国にあるんですよね！　筆頭聖女の選定会が終わり次第、私はデズモンド団長と一緒に、あの国にお肉を食べに行くことになっているんです」

だから、ディタール聖国にある美味しいお店を教えてほしいわ、と続けようとしたところで、聖女たちから口を差し挟まれる。

「デズモンド騎士団長ですって？　彼は王城警備を担当する第二騎士団長でしょう！　そんな彼が、何の用務でわざわざ大聖堂に赴くというの!?」

「というよりも、『筆頭聖女の選定会が終わり次第』ってどういうことかしら？　選定会終了後に、あなたが大聖堂に何事かを報告しに行くというの？」

いいえ、私はお肉を食べに行くだけだから、大聖堂には近寄らないわ……と思ったところで、はたと開きかけた口を閉じる。

あれ、待って。

そう言えば、デズモンド団長から誘われた肉ツアーは、なぜか聖国への旅費まで騎士団が持つという、出来過ぎたものだったわよね。

まさかデズモンド団長は肉ツアーのついでに、あの国で騎士団の仕事をするつもりなのかしら。

さらに思い出したけど、デズモンド団長は私が肉ツアーに参加する許可を、シリル団長から取ったと言っていたわよ。

わざわざ私が所属する騎士団の団長に許可を取るなんて、もしかして本当に騎士団の仕事が絡んでいるのかしら。

そうだとしたら、私がここで下手なことを言うと、「肉ツアーがメインで、ついでに騎士団の仕事をするのですね。そうであれば、騎士団が旅費を持つ必要はありませんね」というようなことを、シリル団長が言い出すかもしれない。

そんなことになったら、間違いなくデズモンド団長から文句を言われるわ！

よし、ここは安全策を取って黙っておこう、と考えた用意周到な私は、曖昧な笑みを浮かべるに留める。

そんな私を、聖女たちは全員でねめつけてきたため、……あら、もしかしたら話題をズラすという作戦が上手くいったんじゃないかしら、と内心でにまりとした。

しめしめ、私の素晴らしい話題転換術のおかげで、皆、新しい話題に食いついてきたみたいだわ。

そう嬉しくなったところで、デズモンド団長と一緒に聖国に行く理由を尋ねられたままになっていたことを思い出す。

そのため、聖女たちと友好的な関係を築くためにも、答えられることには答えようと、にこやかに口を開いた――その際、聖国を訪問する主目的については割愛し、後日、どれだけでも言い逃れができるような形を整えたのだから、私も日々成長していると言えるだろう。

「ええと、なぜデズモンド団長と一緒に聖国に行くのかと言いますと、あの国でお肉を食べるためです。本来用務は関係ありません。用務が無関係という意味では、イーノック団長も同行する予定ですから」

デズモンド団長と一緒に聖国に行くことに意味はありませんよー、ということを強調したくてイーノック団長の名前を出したけれど、聖女たちはさらにまなじりを吊り上げた。

「『王国の虎』と呼ばれる第二騎士団長と、天才魔導士と呼ばれる第三魔導騎士団長の２人を護衛に付けるですって!?」

　えっ、イーノック団長は天才と呼ばれていたの？

　それは驚愕する事実だったけれど、本筋から離れてはいけないわ。

「護衛？　う、うーん、確かに私の方が弱いかもしれませんが、いざとなったら私だって２人を守ることは……できるような、できないような」

　騎士団長の職位に就いているのは、とっても強い騎士だということだ。

　だから、２人が強いことは間違いないだろうけど、私だって騎士の端くれだし……と考えていると、聖女の１人が鋭い声を上げた。

「そんなに赤い髪をして、あなたは一体何者なの!?」

「え、私ですか？」

　もちろん私は騎士だけど、……と考えたところで、そう言えば最近、サヴィス総長にも私が騎士であることを必死で訴えたのを思い出す。

　そのため、私はその時使用した言葉をそのまま流用することにした。

「私はとっても素直で役に立つ、どこにでもいる一介の騎士です！」

　けれど、私の言葉を聞いた聖女たちの反応を目にしたことで、図らずも先日のサヴィス総長たちの反応をも思い出す。

……そうだった。あの時も、その場にいた全員が無言で私を凝視したまま、口を開かなかったのだったわ。

なぜそのことを思い出したのかと言うと……あの時同様に、今日も今日とて聖女たちは、全員で私を凝視したまま沈黙を守っていたからだった。

「うーん、すごいね、フィーア。君は皆を誤解させ、混乱に陥らせる天才だな。僕が想定していた最悪の場面より、何倍もすごい状況を作り出せるのだから、その才能に脱帽するよ」

よく分からない沈黙が訪れた中、ロイドが朗らかな声を上げた。

そう言えば、私は彼のアドバイスに従って、ディタール聖国の肉ツアーへ話題を転換したのだった、と思い出しながらじろりと彼を睨む。

もしかしてこの居心地の悪い沈黙は、ロイドによって作り出されたものなのかしら。

そうだとしたら、聖女に対するロイドのウィット心が、今回もおかしく作用したに違いない。

困ったわねと顔をしかめていると、ロイドはにやりと笑って肩を竦めた。

それから、降参するかのように両手を上げ、周りの聖女たちを見回しながら口を開く。

「本人の言う通り、フィーアは騎士だよ。滅多にないほど赤い髪をしているが、赤い髪の者が全て聖女というわけでもない」

そのロイドの言葉と聖女たちの表情から、どうやら皆は私のことを聖女だと思い込んでいたらしいことに気付く。

「まあ、ロイドったら何て悪戯をするのかしら！」

実際に私は聖女で、そのことを隠しているのだから、危ない橋を渡るところだったわ。

目を丸くしている私とは対照的に、聖女たちはむっとした様子でロイドを睨んでいたけれど、自業自得だと放っておくことにする。

けれど、当のロイドは気にした様子もなく、聖女たちに向かってにこりと微笑んだ。

「悪戯をしてごめんね。うちのプリシラは大聖堂で独特の教育を受けて育ったためか、他人との関わり方が上手くないんだ。だが、何事も1人でできることは限られているから、今後は君たちと協力して、色々とやっていかないといけないはずなんだ」

聖女たちがロイドの言葉に耳を傾ける様子を見せると、彼は熱心に言葉を続けた。

「だから、少しでも仲良くなれるよう今日の場を設定したのに、どういうわけか、あっという間に険悪な雰囲気になってしまったからね。だったらと、場を和ませるつもりで冗談を仕掛けたが、想定したような楽しい結果にはつながらなかった。僕の対人スキルが低いせいで、気を悪くさせたのならば申し訳なかったね」

そう言って、しゅんとした様子を見せたロイドだったけれど、これまでの付き合いから判断するに、完全に演技だと思う。

ロイドは聖女に対して複雑な思いを抱えているから、今回はその中の皮肉な気持ちが前面に出てきて、ブラックユーモアが発生したのではないかしら。

私はそう疑わしく思ったけれど、聖女たちは『仕方がないわね』という表情を浮かべたので、ロイドよりも聖女たちの方が純真に違いない。

聖女たちの表情が軟化したことで、その場の雰囲気が柔らかいものになったのを見て取ったロイドは、にこやかな笑みを浮かべる。

「今後、プリシラは王都で暮らす予定なんだ。場合によっては、王城へ頻繁に顔を出すようになるだろう。その場合は、君たちがプリシラの一番の相談相手になるはずだから、この子と仲良くしてほしいんだ」

ロイドの頼み込むような態度に、まんざらでもない表情を浮かべた聖女たちだったけれど、当のプリシラは不満があるとばかりにつんと顎を上げた。

「私は大聖堂でずっと、聖女として最高の教育を受けてきましたわ。他の聖女から教えてもらうことなど何もありません」

「プリシラ……」

せっかく軟化した聖女たちの表情が再び険しくなる様を見て、ロイドが注意するようにプリシラの名前を呼ぶ。

けれど、プリシラは聞く耳を持たないとばかりに顔を強張らせた。

「私はずっと大聖堂で一番だったわ！　誰だって、私には敵わなかった！　だから、今度の選定会でも私が一番になるのよ！　誰にも、何も、教えてもらう必要はないわ!!」

その頑なな様子を見て、プリシラは筆頭聖女にならなければならないとの強迫観念に駆られているのかもしれないと思う。

サヴィス総長が1人の女性を10年間待ち続けたというのは素敵な話だと思ったけれど、逆に考えると、待たれる方の相手も、総長から待たれていることを知っていたはずだ。

それはすごいプレッシャーではないだろうか。

もしかしたらプリシラは7歳で大聖堂に引き取られてからずっと、「筆頭聖女になるのだ」と言い聞かせられ、厳しい訓練を課されてきたのかもしれない。

そうだとしたら、彼女は何が何でも筆頭聖女になるべきだと思い込んでいるのだろう。

プリシラは大変だったのかもしれないわね、と彼女のこれまでに思いを馳せていると、気分を害した様子の聖女たちが、我慢ならないとばかりに口を開いた。

「大した自信だこと！　だけど、あなたは一度だって、イアサント筆頭聖女に呼ばれたことがないじゃないの!!」

その一言で、プリシラが顔色を変える。

一体どうしたのかしらと思っている間に、他の聖女たちも口々にイアサント王太后について語り出した。

「あなたがどれほど力の強い聖女か知らないけれど、イアサント筆頭聖女のところの聖女には敵わないわ！」

「ええ、間違いなくあの方のところから、次代の筆頭聖女が誕生するはずよ!!」

え、どういうことかしら、と聖女たちとプリシラを交互に見つめていると、その間で困ったように眉を下げるロイドが目に入った。

彼は私と目が合うと、弱々しく微笑む。

「イアサント王太后は秘蔵っ子を隠し持っているとの噂なんだよ。あの方は筆頭聖女としての高い志と、慈愛の心をお持ちだから、それらの思想を引き継がせるべく、能力の高い聖女を囲っているともっぱらの噂だ」

イアサント王太后はセルリアンとサヴィス総長のお母様で、現筆頭聖女だ。

そして、クラリッサ団長たちが現在進行形で、王家の離宮に迎えに行っているお相手でもある。

「大聖堂が把握している聖女様の中で、プリシラが最も力が強い聖女様であることは間違いない。一方、王太后お抱えの聖女様についてはほとんど情報がないため、その力がどれほどのものであるかを把握できていない。ただ……その秘蔵っ子とやらは、滅多にないほど鮮やかな赤い髪をしているらしい」

ロイドは私の髪をじっと見つめながら、そう続けた。

「いずれにしても、あと数日で王太后は王城に到着するはずだ。離宮を管理する聖女を1人残して、残りは全員連れてくるだろうから、早晩その秘蔵っ子とやらにもお目に掛かれるだろう」

それから、ロイドは私の耳元に口を近付けると、ひそひそと囁いた。

「我が公爵家から未来の王妃が誕生するのは、セルリアンの10年来の悲願だ。加えて、プリシラは自分が筆頭聖女になるものだと信じている。だから、……王太后が強力な聖女を連れてくるのであれば、プリシラとの対決は避けられないだろうね」

56　ナーヴ王国の癒しの花

「我が国の『癒しの花』は本当に大人気なのね！　一目見たくて早めに来たつもりだったから、まさか街路の両脇が既に埋まっているとは考えもしなかったわ」

私はファビアンを見上げると、感謝の笑みを浮かべた。

――セルリアンとサヴィス総長のお母様であるイアサント王太后が王都に戻ってくる話は、事前に王都の人々に周知されていた。

というのも、王太后は当代の筆頭聖女でもあるため、その人気は絶大で、こっそりと王都に戻れるような立場ではなかったからだ。

そのため、王太后が戻ってくる日時は大々的に知らされており、人々は街路の両脇にずらりと並んで王太后を待っていた。

私も一目見たいと思い、予定時刻の30分前には到着したのだけれど、既に多くの人が列を成しており、人だかりができていた。

それでも何とか人々の隙間に入り込み、前から2列目に並んでいたのだけれど、いつの間にか人波に押されてしまい、気付いた時には人垣の後ろに弾き出されていた。

「あっ、しまった！　こんな後ろでは全く見えないわ」

どこか前の方にスペースはないかしら、とぴょんぴょんと跳び上がりながら辺りを見回していたところ、偶然にも最前列に立っていたファビアンと目が合う。

すると、彼は私に手を振った後、視線を下げて周りに立っていた女性たちに王子様然としたスマイルを見せた。

たったそれだけで、魔法のように道が開き、私は皆の了承の下にファビアンの隣に立つことが許されたのだ。

「ファビアンは魔法使いなの？　それとも、キラキラ王子様としての固有能力保持者なの？　微笑むだけで周りの女性たちを思い通りに動かせるなんて信じられないわ！」

にこにこと友好的に微笑む女性たちに囲まれた私は、驚いてファビアンに質問した。

すると、ファビアンはおかしそうに笑い声を零す。

「ふふふ、そんなことができるはずもないよね。たまたま私の周りにいた方々が親切で、私の友人である君を隣に招待してくれただけだよ」

そんな話なのかしら……

不思議に思って首を捻っていたところ、すぐ近くで歓声が響いた。

そのため、はっとして声がした方を振り向く。

「きゃー、王太后陛下だわ！　イアサント筆頭聖女様がいらっしゃったわよ!!」

「あああああ、ほんっとうにお綺麗ねー！　あの赤い髪を見てごらんなさい！　何てお美しいのかしら」

「そのうえ、金の瞳だなんて！　かつていらっしゃった大聖女様と同じ色だわ！　ああ、何て素敵なのかしら」

「本当に、大聖女様の再来だわ!!」

沿道の人々が叫ぶ声を聞き、遠目に見えるイアサント王太后に目をやると、太陽の光に照らされて、キラキラと輝く赤い髪が見えた。

王太后は屋根のない馬車に乗っていて、沿道の人々に手を振っている。

その周りを紫灰色の騎士服をまとった近衛騎士団と、青色の騎士服をまとった黒竜騎士団の騎士たちが囲んでおり、さらには白い騎士服を着用したクェンティン団長、クラリッサ団長、ザカリー団長といった見知った顔も見えた。

イアサント王太后が近付いてくるにつれ、沿道の人々の熱気は高まり、興奮したような叫び声があちらこちらで上がる。

「ああー、素敵、素敵!!　イアサント筆頭聖女様ー!!　まあ、ほんっとうに真っ赤な髪だわ!!」

「見えた！　金の瞳が見えたぞ!!　ああー、これで昨日からの二日酔いが治ったな!!」

私がいたのは最前列だったため、イアサント王太后が目の前を通り過ぎていくのを間近で見ることができたのだけれど、王太后の髪は確かに混じりっけのない鮮やかな赤色をしていた。

それから、片方だけ覗いている瞳は金色をしていた。

イアサント王太后が真横を通り過ぎた時、ファビアンが興奮した様子で話しかけてくる。

「誰だか知らないが、あの髪型を思い付いた人はすごいよね。筆頭聖女を最も神秘的に見せる髪型じゃないかな。普段、イアサント王太后は片方の目を隠しているけど、どういうわけか、大事な式典のここぞという場面では必ず風が吹いて、両目が見えるんだよ。金の瞳に赤い髪は伝説の大聖女様の色だ。だから、その全てを目にすることができた時、皆はものすごいレアものを見た気分になって、大興奮するんだ。すごい演出だよね」

そんな偶然があるものなのね、と思いながらもう一度しっかりとイアサント王太后を見る。

すると、近くから見ても間違いなく、赤と金の色を持っていた。

「赤い髪に金の瞳……」

「そう、フィーアとお揃いだよね」

そう言われたことで、かつてサヴィス総長に言われた言葉を思い出す。

『お前の色の組み合わせは唯一無二だ』と。

「あれ？　以前、サヴィス総長は私の赤い髪と金の瞳を指して、『お前の色の組み合わせは唯一無二だ』と言っていたわよね。だけど、実際にはもう1人いらっしゃったのね」

しかも、相手は自分の母親だから、赤と金の組み合わせは私1人でないことを分かったうえで口にしたはずだ。

まあ、総長らしからぬことに、あのセリフはリップサービスだったのかしら。

そう思っていると、私の独り言を拾ったファビアンが、私の髪をじっと見つめてきた。

「『色の組み合わせは唯一無二』と言われたのならば、間違っていないんじゃないの。赤にも様々な色があるし、イアサント王太后とフィーアの赤は色味が異なるからね。『赤と金の組み合わせ』という意味では同じだけれど、それほど赤い髪を持つフィーアの色の組み合わせは、やっぱり君だけのものだと思うよ」

「そう？」

赤なんて同じようなものだと思うけど、と思って聞き返すと、ファビアンに苦笑される。

それから、彼は身をかがめると、私の耳元に口を近付けて声を潜めた。

「以前、イアサント王太后をお見かけした時は、何て見事な赤い髪だろうと感心したのだが、フィーアの髪を見た後だと、薄くて色あせているように見えるんだよね。鮮やかさが全然違う。そして、畏れ多い話ではあるけれど、３００年前の肖像画から判断する限り、フィーアの髪色は大聖女様のそれと全く同じ色だよね」

そう言えば、サヴィス総長からも私の髪色は国旗と同じだと言われたのだった。

その時は何を言われたのかよく分からなかったけれど、我が国の国旗は大聖女の髪色と全く同じ色合いを再現してあるのだと、後日、仲間の騎士から教えてもらったのだ。

つまり、サヴィス総長の目にも、私と大聖女の髪色は同じに見えたのだろう。

——その通りなのだけど。

なぜなら私の髪色は、３００年前からずっと変わらず同じ色をしているのだから。

「多くの者は、君の髪色がただ赤いだけだと思っているのだろうけど、大聖女様と同じ赤だとバレたら大変だよね。ただそれだけで、君を羨んだり、恨んだりする者が大勢出てくるはずだ」

ファビアンったら大袈裟ね、と思いながら反論する。

「どうかしらね。聞いた話だと、王太后が側に置いている聖女様も赤い髪をしているらしいわよ。パレードには参加していないみたいだから、実際の色味は分からないけど、そんな風に赤髪の女性はたくさんいるんじゃないかしら」

実例をもって説明したというのに、ファビアンははっきりと首を横に振った。

「それは大聖女様の赤ではないと思うよ」


王太后が通り過ぎてしまったことで、通りの両脇にびっしりと並んでいた人々が散り散りになり始めた。

誰もがイアサント王太后を見に来たようで、改めてその人気の高さを嬉しく思う。

「筆頭聖女は大人気ね！」

こうやって皆が聖女のことを身近に感じて、好きになってくれるといいわね。

そう考えながら、私も皆と同じようにその場を後にすると、ファビアンと一緒に王城に戻ることにした。

　2人で並んで歩いていると、ファビアンが思い出したように口を開く。

「そうだ、フィーアにシリル団長からの伝言をあずかっていたんだった」

「えっ？」

　何かしらと立ち止まった私に向かって、ファビアンが安心させるように両手を上げた。

「とはいっても、『王太后のパレードを見に行くのであれば、それが終わった後に伝えてください』と言われるくらいの緊急性が低い伝言だったから、慌てる話ではないはずだ。手が空いたら、第一騎士団長室に顔を出してほしいとのことだったよ」

「ええっ！」

　これから、第一騎士団長室に顔を出す？

　咄嗟に、私は何かをやらかしたのかしら、と最近の出来事を頭の中に思い浮かべる。

　けれど、すぐに『怒られるようなことは何もしていないわ！』と、自信を持って結論付けた。

　そのため、私はファビアンと別れると、気軽な気持ちでシリル団長のもとに向かったのだった。

57　王太后のお茶会1

「シリル団長、失礼します！」

ノックをして第一騎士団長室に入ると、シリル団長がにこやかに出迎えてくれた。

「フィーア、お待ちしていましたよ」

シリル団長の顔に浮かんでいたのは邪気のない笑みだったけれど、これまでの経験から無意識のうちに一歩後ろに下がる。

……これはよくない兆候だわ。

だいたいにおいて、シリル団長は腹に一物ある時ほど、にこやかな表情を見せるのだ。

そして、こちらが油断したところに爆弾を落としてくるのだから、半年以上も団長の部下をやっている私は、確実に何事かが待ち構えていることを予測できてしまう。

そのため、私は気を緩めることなく、きりりとした表情を浮かべた。

すると、鋭いはずのシリル団長が間の抜けた質問をしてくる。

「どうしました、フィーア。もしかして歯が痛いのですか？」

もちろん違う。私は歯痛に顔を引きつらせているのではなく、きりりとした凛々しい表情を浮かべているのだ。

そして、シリル団長の爆弾に身構えているのだ。

「いいえ、体調に問題はありません。今日はどんな御用でしょうか？」

何でもないことを示しながら呼ばれた理由を尋ねると、シリル団長は腑に落ちないという表情を浮かべながらも、素直に答えてくれた。

「わざわざお呼び立てして申し訳ありません。実は、フィーアには午後から、私とともにサヴィス総長の警護をしてもらおうと考えています」

あら、しばらくの間、私はセルリアンあずかりになっていたはずなのにどういうことかしら。

「総長はどこかへ行かれるんですか？」

総長がどこか危険な場所に行くことになったから、優秀な騎士である私の助力がどうしても必要になったのだろうか。

それならばお役に立ってみせましょう、とまんざらでもない気持ちで質問すると、あっさりと否定される。

「いえ、サヴィス総長は本日、王城内で過ごされる予定です。午後からは王太后との茶会が入っていますが、本日の予定はそれだけです」

ごくわずかな逡巡だったけれど、シリル団長が王太后と口にした際、半瞬ほど動きが止まったため、何かあるのかしらと探るように見つめる。

「……イアサント王太后とお茶会ですか？」

「ええ、王太后はサヴィス総長のご母堂様ですからね。そして、セルリアンのご母堂様でもありますので、彼も参加予定です」

イアサント王太后とサヴィス総長、セルリアンの3人でお茶を飲む会。それは、つまり……

「ただの親子のお茶会ですよね？」

私はじっとシリル団長を見つめる。

鋼の心臓を持っているシリル団長が、うっすらと緊張しているように感じたため、なぜかしらと気になったからだ。

けれど、答えが返ってくる前に、自分で答えを見つけてしまう。

「もっ、もしかして恋!?」

もしかしてもしかしたら、シリル団長はイアサント王太后に恋心を抱いていて、だからこそ、これから顔を合わせることに緊張しているのかもしれない。

ああー、平静でいられないから、いつだって冷静な私の力が必要なのね。

そう納得していると、暗い声が聞こえた。

「……私が誰に恋しているですって？」

頬を引きつらせて質問してきたシリル団長は、いつも通りに見えた。

そのため、10秒前に浮かんだ推測をぺいっと投げ捨てる。

「あれ、緊張が解けた？　ということは、恋ではない？　まあ、そうですよね。血縁ですものね」

イアサント王太后はシリル団長のお母様のお姉様だ。

つまり、王太后はシリル団長の伯母にあたる。

血が近過ぎて結婚もできないのだから、恋する相手としては不適当だろう。

「フィーア、あなたの推測はいつだって突拍子もないものばかりですから、下手なことを考えるのは止めた方がよいでしょう。あなたの言う通り、ただの親子の茶会ですから、護衛として騎士たちを大勢連れていくわけにはいきません。あなたは騎士らしく見えませんから、ご一緒してもらおうと考えたまでです」

「なるほどですね」

さり気なくディスられた気がしたけれど、心の広い私は聞き流すことにする。

「それに、あなたを護衛に付けることは、サヴィス総長とセルリアンの希望なのです」

まあ、この国のナンバー1とナンバー2、直々のご希望ですって？

「えっ、とうとう私が優秀な騎士だということが、白日の下に晒されてしまったんですか!?」

いつの間に、とびっくりしていると、シリル団長は半眼になった。

「……それはまだです。それはとっておきの秘密ですので、まだ誰にも知られていません」

「ああー、そうなんですね」

それは残念なような、まだまだとっておきの秘密にしておきたいような、複雑な気分だわ。

失望とも安堵とも言えない気持ちでいると、シリル団長こそが複雑そうな表情を浮かべていることに気が付く。

そのため、シリル団長は何が気になっているのかしら、と不思議に思って当たり障りのない質問を口にした。

「王太后はシリル団長のご親戚でもあるんですよね。仲がいいんですか？」

シリル団長はさり気なく目を伏せる。

「……お相手は王太后ですよ。そう簡単にお会いできる方ではありません」

それはごもっともな話だった。

「確かにシリル団長の言う通りですね。王太后は色んなところから引っ張りだこで、お忙しいでしょうしね」

なぜなら王太后は筆頭聖女でもあるのだから、と300年前の大聖女だった頃の忙しさを思い出し、うんうんと納得する。

一方、シリル団長は何かを思い出したのか、わずかに微笑んだ。

「そうですね、あの方は昔からお忙しかったですね。その代わりに、ローレンス国王やサヴィス総長と親しくさせていただきました」

シリル団長とサヴィス総長は同じ年で、セルリアンは2歳上だ。

年が近かったため、幼い頃は一緒に遊んでいたのかもしれない。

「以前、あなたにはお話ししましたが、私は幼い頃、弟がほしかったのです。ですが、私の母からは公爵家ごときにスペアは不要だと、はっきり断られました」

ああ、そうだった。サザランドでシリル団長から、幼い頃の話を聞いたのだった。

「一方、ナーヴ家は王家のため、公爵家とはまた事情が異なるのでしょうが、それでも、兄弟がいるローレンス国王とサヴィス総長を羨ましく感じたものです。そして、筆頭聖女でありながら、お2人の子どもを産んだイアサント王太后を立派な方だと思ったのです」

「出産は大変らしいですからね！」

つい最近、母親になると宣言していたクェンティン団長を思い出して、そう同意する。

彼の従魔が卵を産んだものの、温める様子がなかったため、クェンティン団長が代わりに温めて、魔物の母親になるのだと胸を張っていたのだ。

『人の子を産む場合も、母親は稀に、出産時に命を落とすと聞きます。母親になるというのは、それほど大変なことなのです!!』

お腹をぽっこりと膨らませ、真顔で力説していたクェンティン団長の姿が浮かんできたため、シリル団長に補足する。

「この間、クェンティン団長も出産は大変だと力説していました」

「……あなたが真面目に話をしているのは理解しているのですが、一気にふざけた雰囲気になるのはなぜでしょう」

それはシリル団長の受け取り方の問題だと思います。

そうはっきり言うわけにもいかず、無言のままでいると、私の気持ちを読み取ったようで、シリル団長は疲れた様子で肩を竦めた。

「まあ、いいでしょう。では、フィーア、これからサヴィス総長の執務室に向かいますが、よろしいですね？」

「はい！」

元気よく返事をすると、私はシリル団長とともにサヴィス総長のもとに向かったのだった。

◇　◇　◇

サヴィス総長の執務室に入室すると、そこには既にセルリアンがいた。

ただし、今日の彼は道化師姿ではなく、いつぞやのようにシンプルなシャツ姿だった。

そして、怠惰な様子でだらしなくソファに座っていた。

「サヴィス、僕の体が子どもになったからか、味覚も子どものものに戻ったみたいなんだ。だから、紅茶をこれっぽっちも美味しいと思えない」

「それでしたら、茶会ではオレンジジュースを出すよう頼んでおきましょう」

淡々と答えるサヴィス総長をちらりと見ると、セルリアンは不満気に口をとがらせる。

「僕が言いたいのは、そういうことじゃないんだよね」

それから、セルリアンはぴょんっと立ち上がった。

「やっぱり僕は欠席するよ！　王太后とのお茶会に子どもが出る幕なんてないからね！　サヴィス、後はよろしく」

それから、すごい速さで駆け出したけれど、何歩も進まないうちに、素早く先回りしたサヴィス総長に襟首を掴まれる。

「ちょ、サヴィス、敬愛するお兄様の首が絞まっているぞ！」

慌てた様子でばたばたと手を振り回すセルリアンだったけれど、サヴィス総長は気にした様子もなく襟首から手を放さなかった。

「それほど紅茶を飲みたくないのであれば、少しくらい喉が詰まっていた方がいいかもしれないと、気を利かせているところですよ」

「そんな配慮は不要……ぐえ」

自ら暴れたことで、さらに首元が絞まったようで、セルリアンは蛙が潰れたような声を出していた。

うーん、この2人が一緒にいるところを見るのは2回目だけど、とっても仲がよさそうね。

シリル団長が兄弟の存在を羨ましく思うはずだわ。

そう納得して頷いていると、サヴィス総長は私に視線を向けた。

「来たか、フィーア。今日のお前はオレのお守りだ」

「おまもり？」

そんな効果が私にあったかしら？

不思議に思う私に向かって、サヴィス総長は皮肉気に唇を歪めた。

「ああ、オレを王太后から守ってくれ」

58　王弟サヴィス

「サヴィス総長を王太后から守る？」

どう考えても、サヴィス総長の方がイアサント王太后よりも強いわよね。

一体どういうことかしらと首を傾げていると、総長が口を開いた。

「フィーア、お前は酔った時に交わした会話は全て忘れるようだが、オレは覚えている」

「えっ!?」

サヴィス総長にしては珍しく、唐突に脈絡のない話を始められたため、戸惑ってぱちぱちと瞬きを繰り返す。

「そ、それは素晴らしい記憶力ですね。ところで、お言葉を返すようですが、サヴィス総長と交わした貴重な会話を私が全て忘れる、という表現には語弊がありまして。そうではなく、むしろ総長からいただいた金言の数々を、他の人と共有したくない強い気持ちの表れから……」

サヴィス総長が仄(ほの)めかしているのは、先日、王城の晩餐室で2人で食事をした時の話だろう。

騎士団トップの時間を占有しておきながら、その際に交わした会話の全てを忘れているなんて、絶対に認めるわけにはいかないし、総長に心酔している全騎士を敵に回してしまう。

そう考えて、慌てて総長の言葉を否定しようとすると、シリル団長がさらりと言葉を差し挟んできた。

「その通りです。フィーアはお酒が入ると、呆れるほどに綺麗さっぱりと、交わした会話を忘れてしまいます」

「ほほほ、シリル団長。いくら私の直属の上司と言えど、団長が私の全てを知っているわけでは決してなくてですね」

どうしてシリル団長はわざわざ余計なことを言うのかしら、と思いながら誤魔化すための言葉を口にしていると、サヴィス総長がおかしそうに質問してきた。

「では、フィーア。オレの初恋相手は誰だ？」

「えっ！？？」

なんと、私はサヴィス総長とお酒を飲みながら、そんな面白い会話をしたのかしら。

ぐううう、それなのに何一つ覚えていないなんて、何たる不覚かしら!!

少し迷ったものの、誤魔化してこの場を逃げ切ろうという思いよりも、総長の初恋相手を知りたい気持ちが勝ってしまう。

「………お二方のおっしゃる通り、時には、私の記憶が欠落してしまうことがあるようです。ですが、そのような大事な会話を交わしておきながら忘れてしまうとは、私は一生自分を恥じます！

恥じますが、せっかく教えてもらったことを覚えていないのはあまりに失礼な所業だと思われ、そして、二度と決して忘れませんので、もう一度教えてください!!」

必死になってお願いすると、サヴィス総長は笑い声を上げた。

「ははっ、存在しない者は教えられないな」

「えっ!?」

サヴィス総長の楽しそうな表情を見て、私は先日の晩餐の席で、今と同じような会話を交わしたのかしらと疑問に思う。

あるいは、今のような会話は一切交わしていなくて、総長に引っ掛けられたかだ。

……総長の面白がっている表情を見る限り、多分、後者ね。

まんまと引っ掛かったことが悔しくて、ぐうっと蛙が潰れたような声を出していると、総長がにやりと笑った。

「どうやら酔った時に交わした会話を、お前自身が忘れていることを理解できたようだな」

ダメだわ、これは。相手が悪い。

反論すると、さらなる罠にはめられるような気がしたため、素直に頷く。

「はい」

「だが、オレは覚えているから、お前も覚えているものとして会話を交わす」

さすが、王弟にして騎士団のトップだ。

自分の都合だけに合わせて物事を進めようというやり方は、完全なる権力者の手法だ。

……と思ったけれど、総長は丁寧に私が忘れていた言葉を再現してくれた。

「オレは晩餐の席でお前に言った。聖女は利己的で、独善的で、自己顕示欲が強いと」

「ええっ!? そ、それはまた、総長らしからぬ決めつけた発言ですね！ い、いや、聖女というだけで、全員が同じ特質を持っているわけではないし、少なくともシャーロットはいい子ですよ」

何ということを言うのかしら、と思って反論すると、サヴィス総長はおかしそうに唇の端を引き上げた。

「酔っていようがいまいが、お前の考えはいつだって同じだな」

「えっ？」

サヴィス総長の表情を見て、先日の晩餐の席で、私は今と同じような会話を交わしたのかしらと疑問に思う。

あるいは、またもや何らかの罠にかけられて、不要な発言をしてしまったのだろうか。

……総長の発言内容と楽しそうな表情から推測するに、多分、前者ね。

「ええと、つまり、総長は聖女についてあまりいい感情を持っていないということですね」

総長の機嫌のよさそうな表情から、どこまで本気で発言しているのかが分からなくなり、確認するようにじっと見つめる。

総長は聖女にいい感情を持っていないとのことだけれど、総長のお母様も、総長の将来の結婚相手も、どちらも聖女のはずだ。

自分の家族をそんなに嫌うものだろうか？

そんな風に疑問が湧いたけれど、私だって前世の兄たちには嫌われていたから、あり得ない話ではないのだろう。

「その通りだ。そして、お前やクラリッサのような騎士を除けば、オレの周りにいる女性は聖女に限られる」

私の予想通り、総長から母親はもちろん、将来の結婚相手も聖女であることを肯定される。

「そのため、王太后とともに茶を飲む時間は、オレにとって苦行でしかない。だから、聖女たちが焦がれて止まない外見をしながらも、聖女らしさが全くないお前を連れていくことで、オレのお守りにしようと考えたのだ」

まあ、これから行われるのは「親子のお茶会」だと考えていたけれど、サヴィス総長にとっては「聖女とのお茶会」なのかしら。

どうやらサヴィス総長は王太后のことを、「母親」というよりも「聖女」だと認識しているようだ。

うーん、王族ってのはそもそも家族との関わりが希薄だから、そういうことがあるのかもしれないわね。

王太后は昔から忙しかったとシリル団長も言っていたことだし、親子の時間がなかなか取れなかった結果、王太后が母親という意識が薄くなったのかもしれないわ。

そう考えながら頷いていると、それまで黙って話を聞いていたセルリアンが、ここぞとばかりに言い募ってきた。

「僕にとっても苦行だよ！　僕はサヴィス以上に聖女が大嫌いだし、さらに紅茶も嫌いだからね!!」

まあ、王族わがまま大会になってきたわよ、と思いながら王族に連なっているシリル団長を横目でちらりと見る。

もしかしたらシリル団長もわがままを言い出すのかしらと用心しての行動だったけれど、団長は口を開くことなく、少しだけ眉根を寄せて２人を見つめていた。

そのため、そうだった、シリル団長は何があっても聖女の肩を持つのだったわ、と心の中で独り言ちる。

きっと、聖女を堂々と批判したサヴィス総長とセルリアンに不満を覚えているのね。

と、そう考えたけれど、シリル団長はまるで心の中を読んだかのように、私に向かって首を横に振った。

「お二方が聖女様に嫌悪感を抱くことは理解できますし、受け入れています」

「えっ！」

いついかなる時も聖女を擁護していたシリル団長なのに、サヴィス総長とセルリアンが相手の場合は、この2人を優先させるのね。

3人は幼馴染という話だったから、シリル団長が聖女へ抱く思いを超えるほどの絆があるのかもしれない。

そう考えていると、それまで黙って部屋の隅に控えていたカーティス団長が、一歩前に進み出てきた。

その日はたまたまカーティス団長がサヴィス総長の警護に就いていたようで、シリル団長と私が執務室に入室した時には既に部屋の中にいたのだ――より正確に言うと、カーティス団長しか部屋の中にはいなかったので、他は人払いされていたのだろう。

カーティス団長はいつだって生真面目に任務を遂行していて、業務中に私語を話すことはないのだけれど、なぜだか訴えるような表情で口を開く。

「サヴィス総長、よろしければ今日1日、このまま総長の警護を続けてもよろしいでしょうか？」

総長が確認するかのようにカーティス団長を見やると、団長は無言のまま、強い視線で見つめ返した。

「……いいだろう。では、茶会に同行させる護衛はシリル、カーティス、フィーアの3人だ」

そう総長が返したところで、1人の騎士が入室してきて、王太后からのメッセージカードを総長に手渡す。

どうやら王太后は午前中に聖女の力を使って疲労したため、茶会の時間を遅らせたいとの要望を出してきたらしい。

サヴィス総長は摘まんだカードを目にしながら、眉を上げた。

「時間が空いたな。……森で魔物を狩るとするか」

「えっ、今からですか？」

少しばかり時間は空いたかもしれないけれど、来る王太后との茶会に備えて、立派な服に着替えたり……とかは、総長はしないのだろうな。

むしろ、躊躇なく魔物の返り血を浴びるかもしれない状況に身を置こうとするのだから、女性とのお茶会に出向くための心構えがなっていないようだ。

そう考えている間に、これ幸いと部屋から飛び出していこうとしたセルリアンの首根っこを摑むと、きっちり3時間後に戻ってくるようサヴィス総長が言い含めていた。

それから、総長は立ち上がると剣を替えたので、どうやら本当に森に出掛けるようだ。

騎士団トップの行動としては、あまりに衝動的なものに思われたけれど、誰も何も言わないので、もしかしたら総長にとってはよくあることなのかもしれない。

そして、必要なことなのかもしれない。

たとえば私は気分がもやっとした時は、普段はやらない詠唱を丁寧にして、回復魔法をかける練習をする。

そうすることで、気持ちを落ち着けていたのだけれど、……サヴィス総長にとって森で魔物を狩る行為は、そのことと同じようなものなのかもしれない。

だとしたら、何か悩みごとがあって、それを晴らそうとしているのだろうか。

「どうした？」

サヴィス総長と目が合い、何事かと問われたけれど、ストレートに質問する気持ちにはなれなかったため、冗談に紛らせてしまおうと考えながら、先ほど思ったことを口にする。

「いえ、サヴィス総長は先ほど、『お前は酔った時に交わした会話は全て忘れるようだが、オレは覚えているから、お前も覚えているものとして会話を交わす』と言いましたよね。ご自分の都合だけを考えて物事を進めようとするやり方はセルリアンそっくりなので、やっぱり王家の血筋だなと考えていたところです」

私の言葉を聞いたセルリアンはむっとしたように眉根を寄せたけれど、一方の総長はおかしそうに唇の端を引き上げた。

「お前は本当に何も覚えていないのだな。オレはあの夜、『お前がここでの会話を一切覚えていないのであれば、オレも本音で話す』と断りを入れたのだ。あの言葉はあの場限りのもので、お前も含め、誰にだってオレの本音を恒久的に知らせるつもりはなかったからな」

「えっ、だったらどうして、先ほど聖女についての考えを表明したんですか？」

黙っていれば済む話なのに、とびっくりして聞き返すと、総長は壁際に飾られている国旗を見つめたまま口を開いた――――私の髪色と同じ赤い国旗を。

「原因はお前だ。お前が夢のような話をオレにするから……オレは夢の続きを見たくなり、あの夜をなかったことにしたくなくなったのだ」

「えっ、わ、私は何を言ったんですかね？」

『夢のような話』ということは、私は総長にとうとう妄想話を語り続けたのだろうか。

……うっ、あり得そうな話だわ。

途端に背中に嫌な汗が流れ始め、頭を抱えたい思いに襲われる。

ああ、酔っていた時のことは何も覚えていないから、後悔することも恥じることもないはずなのに、わざわざ思い出させようとしているわ。

忘れ去りたい過去を目の前に突き付けられ、だらだらと嫌な汗をかいていると、総長は意味ありげに見つめてきた。

「それは、お前が思い出すべきことだ」

◇　◇　◇

その後すぐに、サヴィス総長とシリル団長、カーティス団長とともに『星降の森』に向かった。

聖女は連れていかず、怪我をした場合は回復薬で対応するらしい。

同行させる騎士が私も含めて３名というのは少な過ぎるし、聖女も連れていかないなんて、高位者の行動としてはもう少しリスク管理を厳しくすべきじゃないかしら。

そう思ったけれど、総長は聖女についての考えを整理したいがために森に入るのだろうから、当人たちに側にいてほしくないのかもしれない。

というのも、道中でシリル団長から教えてもらったのだけれど、総長は定期的に森に入って、魔物を狩っているそうなのだ。

「最近はお忙しくて時間が取れなかったので、まとまった空き時間が取れた今の時間を、よい機会だと思われたのでしょうね」

どうやら王太后とのお茶会を優先して、他の予定を一切入れていなかったことが上手く作用したらしい。

「これは私の個人的な見解ですが、サヴィス総長は悩みや迷いがある時に、剣を振るうことで考えを整理されているように思われます」

魔物を狩ることで気持ちを落ち着けたいのではないかしら、との推測が当たっていたようね、と思いながらサヴィス総長に視線をやる。

すると、感情を覗かせない総長の横顔が目に入り、整理したい内容というのは、やはり聖女についてのことだろうなと思わされた。

馬から降りた後、サヴィス総長は躊躇なく森に入ると、たいして警戒する様子もなく歩を進めていった。

以前、この森に来た時に、総長はBランクの魔物であるフラワーホーンディアを一撃で倒したことがあった。

通常であれば、Bランクの魔物を討伐するには30名の騎士が必要だと言われているところを、たった1人で倒したのだ。

だから、総長が強いことは間違いないのだろうけれど、それでももう少し用心すべきではないかしら……

などと心配していた私は、なんて無駄なことを考えたのだろうと、30分後に呆れながら振り返ることになる。

なぜなら総長はびっくりするほど強かったからだ。

それはもう、護衛の騎士たちの出る幕が一切ないほどで、総長はたった1人で出会う魔物を次々と切り伏せていった。

森の奥深くに入っていないこともあって、出会う魔物は全てがCランク以下だったけれど、それでも、最少の動作で魔物を鮮やかに殲滅(せんめつ)していく手腕は、見事としか言いようがない。

騎士団の中で一番強いのはシリル団長だと思っていたし、そのことに間違いはないのだろうけれど――ただし、カーティス団長の強さにはよく分からないところがあるので、シリル団長とカーティス団長の強さ比較だけはできていないのだけれど――サヴィス総長の強さも遜色ないように思われる。

「右目があれば、シリル団長よりも強いのじゃないかしら？」

サヴィス総長は片目がないことで視野が狭くなっているから、戦闘をする際にものすごいハンデになるはずだ。

そして、そのことを悔しく思っているのではないだろうか。

なぜなら騎士団の頂点に立つ騎士が、強さに貪欲でないはずがないからだ。

1頭でも多くの敵を倒すために、あるいは、1人でも多くの味方を救うために、より強くなりたいと総長は考えているはずだ。

そう思考を飛ばしていると、ふと総長と目が合った。

「どうした？　お前も剣を振りたくなったか？」

そう尋ねられたので、首を横に振る。

「いえ、総長が強過ぎるので、私の出る幕はありません。というよりも、誰一人、総長を補助する必要はありませんね。私はただ……両目が揃っていれば、総長はもっと強いだろうなと思っただけです」

その時の私は、総長が望むのならば、右目を治したいなと考えていた。

失われた片目を元に戻すことは、難しいことではない。

シャーロットかプリシラに少し補助すれば、私が聖女だとバレずに治癒することができるはずだ。

そう考えながら見上げたけれど、――サヴィス総長は平坦な声で拒絶した。

「不要だ。右目はオレに必要ないものだ」

「……そうなんですね」

全く変わらない総長の表情を見つめながら、私はそう相槌を打つ。

現在の聖女の能力は大きく落ち込んでいるため、眼球欠損を治癒できる聖女はいないと総長は考えているのかもしれない。

だからこそ、総長には不可能な事柄を求める気持ちがなく、右目は不要なのだと言い切ったのかもしれない。

そう思ったけれど、……もちろん現実主義者のサヴィス総長のことだから、不可能な事柄を求める気持ちは実際にないのだろうし、為政者はこのような場面で決して本心を見せないものだけれど、それでも、……私には総長が、心から右目は不要だと考えているように思われた。

……そう言えば、３００年前にも決して傷痕を消したくないという騎士がいたわね。

人には歴史と事情があるから、誰もが怪我のない状態を、あるいは、病気でない状態を望むとは限らない、と私は彼に教えられたのだ。

「そろそろ王城に戻るか。セルリアンを確保するために必要な時間を考えると、この辺りがタイムリミットだな」

雰囲気を変えるかのように、サヴィス総長が太陽の位置を確認しながら帰城を提案した。

総長が話題を変えたがっていることが分かったため、その話に乗っかることにする。

「確かにセルリアンはお茶会に出席したくなさそうでしたね。けれど、サヴィス総長だけに押し付けることもよしとしなそうですから、ちょっとだけ隠れて抵抗を示すくらいじゃないでしょうか」

「お前はセルリアンのことがよく分かっているな」

総長にそう言われたけれど、まるっきり子どものセルリアンを理解できているというのは微妙な話だったので、素直に同意する気持ちにはなれずに少しだけ否定する。

「……そんな気がするだけです。私は成人しているので、子どもの気持ちが全て分かるわけではありませんし。それにしても、サヴィス総長とセルリアンは仲がいいですよね」

先ほど、王族というのは家族の関わりが希薄なものだと考えたけれど、この兄弟は仲がいいように思われる。

「ご両親もお二方の仲の良さを見て、微笑ましく思ったでしょうね」

この場にいるのは、サヴィス総長に加えてシリル団長とカーティス団長だけだったので、セルリアンとサヴィス総長が兄弟だという話をしてもいいだろう。

そう考えて明るくなるような話題を口にしたけれど、サヴィス総長は肩を竦めた。

「どうだろうな。少なくともセルリアンに仲のいい兄弟を作るためにと、オレが望まれたわけではないはずだ」

その言葉を聞いて、はっとする。

王家にとって、最も大事なことは血統の維持だ。

継嗣に何かあった時のためにとスペアを用意するものだし、素直に考えると、サヴィス総長もそのような「万が一」のことを心配されて、生まれてきたのかもしれない。

シリル団長の口から直接、『弟を望んだが、公爵家ごときにスペアは不要だと断られた』との話を聞いたことがあったし、『スペアを準備する』という考えは、王家にとってごく普通なもののはずだ。

けれど、実際にサヴィス総長が「スペア」と見做されてきたのだとしたら、その立場に納得できないものを感じているのかもしれない。

誰だって、「あなた自身が必要だから」と望まれずに、「何かあった時の予備(スペア)」として望まれたとしたら、それを唯々諾々と受け入れることはできないだろう。

そもそもサヴィス総長は心から、騎士団総長という立場に満足しているように見える。

けれど、セルリアンが19歳の時に『精霊王の祝福』を受け、年齢が若返るようになったため、その時からずっと、いつかは総長職を退かなければならないと覚悟をしていたのかもしれない。

そして、セルリアンは実際に、間もなくサヴィス総長に王位を譲るつもりだという。

正に予備(スペア)の役割を正しく果たしていることになるのだけれど、だからこそ、総長は自分の立場に皮肉なものを感じているのかもしれない。

私の推測を肯定するかのように、サヴィス総長はぽつりと呟いた。

「王太后は生まれてきたオレを見て、これ以上の子を持つことは不要だと判断したようだ」

――どうか、その言葉が愛情に基づいたものであってほしいと思う。

王太后はサヴィス総長を慈しんでいて、生まれてきた総長が可愛くて愛しかったから、子どもはもう十分だと考えたのであってほしい。

間違っても、『2人目の男子が生まれたから、これ以上の子どもは王家に不要だ』という思考であってほしくない、と思ったけれど……

サヴィス総長の皮肉気な表情を見る限り、私の希望は外れているように思われた。

その後、皆で森の入り口まで歩いて戻ったのだけれど、全員の口数が少なかった。

元々、シリル団長にしても、カーティス団長にしても、口数が多い方ではないけれど、それにしても全く私語がない。

恐らく、先ほどの総長と私の会話を聞いて、「王家の次男」というサヴィス総長の立場の複雑さに暗い気持ちになっているのだろう。

私も同様に悄然（しょうぜん）として歩いていると、カーティス団長が近付いてきて、ひそりと囁かれた。

「フィー様、大丈夫ですか？　もしもこの後の茶会への同行を希望されないのであれば、私の方からシリルに断っておきます」

見上げると、カーティス団長が心配そうな眼差しで私を見つめていた。

その表情を目にしたことで、ふと先日も同じような眼差しを向けられたことを思い出す。

あの時は、王城内のロイドの部屋で、心からのお願いをされたのだった。

『フィー様、どうか一番大事なものを、お忘れにならないでください！　そして、心が痛もうが、救いたい気持ちが湧き上がろうが、大事なものを優先してください！　むしろ、心が痛む前に、彼らから手を引くべきです!!』

カーティス団長の発言の中にあった『一番大事なもの』は『私の命』で、彼は自分を大事にしろと忠告してくれたのだ。

そして、セルリアンとドリーには深入りするなと続けられた。

多分、カーティス団長がセルリアンとドリーについて心配したのは、眠り続けるコレットに関することだろう。

彼女を目覚めさせるためには、私の聖女の力を使う必要があると考え、そのリスクを警戒したに違いない。

けれど、『大聖女の薔薇』を使用する方法を思い付いたため、実際には私が直接魔法を使う必要はなくなるはずで、カーティス団長が心配するような場面は発生しないだろう。

だから、この2人の件については解決したはずだけれど、あの時のカーティス団長はさらに、サヴィス総長とシリル団長についても心配事がある様子で忠告してきたのだ。

『さらに言わせていただくならば、サヴィス総長とシリルも同様です！　あの2人も暗く重いものを抱えています！　どうかこれ以上深入りなさいませんよう、心からお願い申し上げます』

けれど、その時の私には、カーティス団長が何を心配しているのかが分からなかった。

そのため、一体何を仄めかしているのかしらとずっと疑問に思っていたのだけれど、このタイミングで近付いてきて、私を心配するのであれば、カーティス団長の懸念事項に触れる何かが、この森の中で起こったということだろう。

つまり……

「サヴィス総長と交わした会話の中に、あなたを心配させるものがあったのかしら？」

小声で尋ねると、カーティス団長は無表情に見返してきた。

彼は何一つ表情に出さないし、動揺する様子を見せないけれど、返事をしないことこそが返事になっている。

どこまでも実直なカーティス団長は決して私に嘘をつかないため、答えにくい場合は返事をしないのだ。

総長と私が交わした会話の内容は、片目の治療と継嗣のスペアという立場についての2つだった。

片目の治療については総長から断られたため、これ以上話が進展することはないだろう。

ということは、継嗣のスペアという立場についての話が、カーティス団長の懸念事項なのだろうけれど、だとしたら、この話にはもっと深い続きがあるのだろうか。

でも、尋ねてもきっと、カーティス団長は答えてくれないわよね。

そのことが分かっていたため、私は彼の質問に答えるために首を横に振った。

「いいえ、私は騎士としての任務を全うするわ。予定通り、総長がお茶会に参加されるのに同行するつもりよ」

「……分かりました」

カーティス団長は何か言いたそうな様子を見せたけれど、結局はそのまま口を噤むと離れていった。

彼の心配事は何なのかしらと気にはなったけれど、自然と解決することもあるわよね、とこれ以上踏み込まないことにする。

カーティス団長があれほど心配していたセルリアンとドリーのことだって、『大聖女の薔薇』を使用することで解決方法が見えたため、何事もなく終わるだろう。

同じように、サヴィス総長とシリル団長についての懸念事項も、何だかんだと何事もなく終わるのではないだろうか。

そう希望的観測を抱きながら、ちらりとサヴィス総長に視線をやると、偶然にもばちりと視線が合った。

総長は尋ねるように眉を上げる。

初回版限定
封入
購入者特典

特別書き下ろし。
ファビアン、フィーアが聖女かどうかを確認する

※『転生した大聖女は、聖女であることをひた隠す 9』をお読みになったあとにご覧ください。

ファビアンは胸元のボタンを次々に外すと、するりとウェストのところまでシャツをはだけさせたのだから。

「はいっ？」

え、え、ファビアンったらこんなに簡単に服を脱ぐタイプだったの!?

「ファ、ファビアン、一体何をやっているの！　まま、街中で上半身をはだけさせるなんて、まるで露出狂だわ!!」

大きな声で咎めると、ファビアンはびっくりした様子で目を見開いた。

「えっ、シャツの前を開いただけだよ。剣の訓練時はこれよりもっと脱ぐし……何なら上半身裸になる騎士も大勢いるよね」

「あああれは訓練場だからよ！　ここはれっきとした公共の場だからね!!」

「そうだけど、シャツを開いただけだし、内出血の痕を見せたいだけだよ」

「私は！　未婚の慎み深い女子だからね！　とてもそんなシャツの内側なんて見られないわ!!」

必死になって主張すると、ファビアンは反省した様子で眉を下げた。

「……それは私が悪かったよ」

ファビアンはシャツのボタンに手をかけると、もう1度全てのボタンを素早くはめた。

それから、爽やかに微笑む。

「フィーアは聖女様かもしれないけど慎み深いから、女性専用の聖女様のようだね」

「えっ、ま、まあね！」

よかったわ。どうやらファビアンが納得したようよ。

ああー、私が慎み深いおかげで助かったわね。

そう考え、これを成功体験にして、今後も淑女の鑑として生きていこうと誓ったけれど……淑女は大口を開けて笑わないし、好物をおかわりもしないと聞いて、すぐに誓いを撤回したのだった。

「どうした、フィーア。まさかとは思うが、王太后に会うと考えて緊張しているわけではないだろう？」

「えっ、あっ！」

どうやら小声で話したつもりのカーティス団長との会話を聞かれ、誤解されたようだ。

そして、サヴィス総長が言うように、王太后と言えば先の王妃で、現在の筆頭聖女でもある方だ。

おいそれとお目にかかれる相手ではないのだから、私は礼儀として緊張を覚えるべきなのかもしれない。

そう思い至り、遅ればせながら片手を心臓の上に乗せる。

「おっしゃる通りですね。滅多にない方にお会いすると思うと、心臓がドキドキします」

「…………」

「…………」

自分から尋ねてきたのに、その通りだと答えた私を疑わし気に見つめてくる総長の態度はいかがなものだろう。

同様に、初めから信用できないとばかりに胡乱な目を向けてくるシリル団長も、いかがなものだろう。

けれど、やりきることが大事なことを知っている私は、最後まで手を抜くことなく言葉を続ける。

「ですが、ご安心ください！　立派にサヴィス総長の護衛を務めてみせますから!!」

「……そうか。期待している」

おかしいわね。

為政者というものは心の裡（うち）を覗かせないものだけれど、どういうわけか総長が口にした言葉から、私の言葉を全く信じていないことが伝わってきたわよ。

けれど、総長自身が私を護衛に指名してきたのに、立派に護衛を務められることを信じていないなんて、そんなことがあるものかしら。さらに、わざわざそれを表明してくるなんてことが。

とそう思っていると、何気ない様子で総長が言葉を続けた。

「フィーア、お前に尋ねたいことがある。これは仮定の話だが……」

「はい？」

現実主義者の総長が仮定の話をするなんて珍しいわね。

「もしもお前が王家に嫁ぐべき聖女だとして、王家には呪いがかかっていて、決して女児が生まれないとしたらどうする？　いかにお前が優れた聖女であったとしても、何一つ次代に引き継げないのだとしたら」

それはよく分からない仮定下における質問だったけれど、とっても簡単なものだったため即答する。

「できるだけ多くの人を救います！」

「何だと？」

総長から訝(いぶか)し気に問い返される。

けれど、何度問われても同じ答えしか浮かばなかったため、同じ言葉を繰り返した。

「私にしかできないのであれば、私が多くの人を救います！」

サヴィス総長は一瞬、ぽかんとした様子で私を見つめてきたけれど、次の瞬間、おかしくて堪らないとばかりに笑い出した。

「は……はは、ははははは！　そうか！　それは最上の答えだな」

それから、総長はひとしきり笑った後に確認するかのように呟いた。

「そうか、お前であれば次代に何かを期待するのではなく、お前自身の手で全てをやり尽くすということか」

サヴィス総長は何かに納得したかのように頷くと、顔を上げて私を見つめてきた。

「なぜだろうな。お前が聖女であれば、実際に言葉通りのことを成し遂げるように思えるな」

「えっ、ああ、はい、それはもちろんやります」

総長の瞳の奥に、私には分からない感情が潜んでいるように思われたため、そちらに気を取られながら返事をする。

すると、総長はふっと口の端を緩めた。

「フィーア、実際にお前が見せると言い切ったものを目の当たりにしたわけではないが、お前の言葉だけで……オレは夢の続きを見た気分だ」

総長が仄めかしているのは、晩餐時に酔った私が口にしたという『夢のような話』、つまり、妄想話のことだろう。

話した内容を全く覚えていなかったので、とんでもないことを言っていたらどうしようと心配していたのだけれど、総長が満足した様子を見せたため、私は案外素敵な妄想話を語ったのかもしれないと希望が湧いてくる。

「えっ、私の空想能力は高かったのかしら？」

私の独り言に答える声はなかったため、否定されなかったのならば肯定されたのだと受け取ることにする。

そのため、私はまた1つ、これまで知らなかった自分の新たな能力に気付くことができた、とご機嫌な気分になったのだった。

59　王太后のお茶会2

かつかつと規則正しい音を立てて廊下を歩くサヴィス総長の後を付いていく。

すると、何歩も進まないうちに、総長の隣を歩くセルリアンがぼやき始めた。

「はあー、どうしてサヴィスは見逃してくれないんだろう。嫌な時間を過ごす人間は、少なければ少ないほどいいじゃないか。どの道、サヴィスが逃げることはないんだから、任せることの何が悪いのさ」

そうではなくて、息子の1人としてお茶会に参加し、責任を果たせと総長は考えているんじゃないかしら。

そう思ったけれど、セルリアンのことだから、そんなことは重々承知のうえでぼやいているのだろう。

先ほどだって、見つけやすい場所に片足を出して隠れていたのだから、本気で逃げるつもりはなかったはずだ。

ぶつぶつと文句を言うセルリアンの言葉を黙って聞いていると、あっという間にお茶会会場である王太后の私室に到着した。

開かれた扉をサヴィス総長に続いてくぐると、２人の女性がソファに座っている。

１人は赤い髪をしたイアサント王太后。

そして、もう１人は私より少し年上らしい赤い髪の女性だった。

２人の後ろには、紫灰色の騎士服を着用した王太后専属の近衛騎士が数人立っている。

うーん、王太后を守る近衛騎士だけあって強そうだけれど、サヴィス総長やシリル団長、カーティス団長を相手にしたら瞬殺されそうよね。

やっぱりこの３人の強さは卓越しているわ。

そう考えていると、黙り続けるセルリアンに代わってサヴィス総長が口を開いた。

「……遅くなりました」

それが合図であったかのように、王太后はソファから立ち上がると、総長に向かって片手を伸ばす。

「いいえ、時間ぴったりだわ。いつもながら時間に正確ね」

サヴィス総長は差し出された手を取ると、その甲を自らの額に押し当てた。

それはとても丁寧な仕草だったけれど、手の甲に唇を落とすべき親愛の仕草を別の動作に置き換えたように思われる。

けれど、セルリアンはその間にさっさと王太后から一番離れた場所に座ったのだから、彼の態度と比べるとサヴィス総長の方が何倍も礼儀正しかった。

サヴィス総長がセルリアンの隣に座ったので、シリル団長とカーティス団長、私は総長たちの後ろに立つ。

その間、王太后は慈愛に満ちた眼差しで2人の息子を見つめていた。

「ローレンス、サヴィス、久しぶりね。顔色もいいし、元気にしているようで安心したわ」

「…………」

「はい」

無言を貫くセルリアンと言葉少なに答えるサヴィス総長を見て、王太后は仕方がないわねとばかりに赤い髪を後ろに払う。

その髪型はパレードで見た通り、片方の目を隠すスタイルだったけれど、見えている方の目は金色で、私と同じ色合いを間近で見たことに不思議な気持ちを覚えた。

以前、サヴィス総長は私の赤い髪と金の瞳を指して、『お前の色の組み合わせは唯一無二だ』と言っていたけれど、やはり王太后も同じ色合いよね。

ファビアンは『「赤と金の組み合わせ」という意味では同じだけれど、それほど赤い髪を持つフィーアの色の組み合わせは、やっぱり君だけのものだと思うよ』と言っていた。

けれど、パレードに参加した人々は王太后を見て、『大聖女様と同じ色だわ』とか、『大聖女様の再来だわ』とか叫んでいたから、大した違いはないのじゃないだろうか。

そう思考を飛ばしていると、王太后が隣に座る女性の紹介を始めた。

「こちらはローズ・バルテよ。元々は大聖堂の下働きをしていたのだけれど、聖女だったのであずかることにしたの。それ以来ずっと、私と一緒に離宮で暮らしているわ」

ローズの髪は左右に黄色のメッシュが入っていたものの、それ以外は赤色をしており、隣に座る王太后と同じような濃さだった。

新たな聖女を紹介されたにもかかわらず、セルリアンとサヴィス総長は興味がないとばかりに返事もしない。

あまり褒められた態度ではないけれど、サヴィス総長の執務室において、セルリアンと総長の2人は聖女にいい感情を持っておらず、王太后とお茶を飲む時間は苦行でしかないと言っていた。

王太后も気にすることなく言葉を続けているので、この2人はいつもこのような態度なのかもしれない。

「当時、ローズは9歳だったわ。3歳の聖女検査の際には聖女でないと判断されたようだけれど、彼女を初めて目にした時、もしかしたら聖女ではないかしらと予感がしたの。そのため、特別に検査をしてもらったところ本当に聖女だったのよ」

王太后が説明する間、ローズは表情を変えることなく、黙って自分の手元を見つめていた。

彼女は可愛らしい顔立ちをしており、背筋をぴんと伸ばしてソファに座っている。

彼女の髪の長さは肩に付かないほど短いけれど、片方の目を隠せるスタイルになっているので、王太后が次期筆頭聖女の有力候補だと期待しているのかもしれない。

「ローズ・バルテ、18歳です。筆頭聖女の選定会に参加する予定です」

ローズがそう告げると、王太后が言葉を引き取った。

「現筆頭聖女推薦枠でローズは選定会に参加するわ。私はこの子が次期筆頭聖女になると考えているの。サヴィス、晴れて選定された暁には、あなたの妃として正しく扱ってちょうだいね」

突然の核心的な話にその場の誰もが固まったけれど、サヴィス総長は天気を答えるかのような気安さで返事をした。

「……善処します」

しかし、総長の隣に座るセルリアンが、即座に腹立たし気な声を上げる。

「サヴィス、何でもかんでも同意するもんじゃないよ！　お前はこれくらいどうということはないと考えて受け入れるのだろうが、逆だからな！　どうということもないのだから拒絶すればいいんだ!!」

セルリアンの言葉を聞き咎めた王太后が、わがままな子どもを見るような目でセルリアンを見つめた。

「ローレンス、子どものようなことを言うものではないわ」

しかしながら、セルリアンは反抗するように顎を上げる。

「はん、見ての通り僕は子どもだからね！　結婚もできないし、国王の座も降りなければいけない。

何もかも捨て去らなければいけないのだから、好きなことくらい言ったっていいだろう!!」

セルリアンは激情のままにそう言うと、さらに言い募った。

「確かにサヴィスは王になる者として、筆頭聖女と婚姻を結ばなければならないだろうが、よりにもよってあんたの子飼いを相手にする必要はないはずだ！　あんたが9歳から手元に置いて育てた聖女だって？　偏った聖女至上主義の教育を施された、あんたの思考を受け継いだ相手だなんて虫唾が走る！　サヴィスはそんな相手と結婚すべきじゃないんだよ!!」

王太后は困った様子で額に片手を当てる。

「ローレンス、体は子どもでもあなたは29歳になったのでしょう。もう少し落ち着いた話し方はできないものかしら。それから、王族ともあろう者がそんな乱暴な言葉遣いをするものではないわ」

王太后は咎めるようにそう言った後、セルリアンに思い出させようとするかのように言葉を続けた。

「それに、サヴィスが今の状況に陥っているのは、そもそもあなたのせいでしょう。あなたが無責任にも王位を投げ捨てようとするものだから、サヴィスが王になり、筆頭聖女を妻にしなければならなくなったのだわ」

セルリアンは一瞬言葉に詰まった様子を見せたけれど、すぐに激しい調子で言い返す。

「そもそもはあんたがコレットを治してくれなかったから!!」

「まあ、これだけ面と向かって私を批判しておきながら、肝心な時には私に頼ろうというの？　何という恥知らずな態度かしら。どうやら私は育て方を間違えたようね」

　王太后が困った様子で目を伏せると、セルリアンはますます激高した様子を見せた。

「僕はあんたに育てられた覚えはない！　少なくとも、幼い頃からあんたが構い倒したのはサヴィスだけで、僕は放置されていたからね!!」

　王太后はおかしそうに顔をほころばせる。

「それが寂しかったの？　いずれにしても、あなたがこんな風になってしまったのは、元々の資質によるものね。王になるべき器ではなかったのだわ」

　繰り広げられる舌戦を前に、私は驚きを顔に出さないようにするので精一杯だった。

　まあ、セルリアンは本当に王太后と仲が悪いのね。

　そして、王太后に接するセルリアンは、いつにも増して子どものようだわ。

　王太后は冷静に発言しているように見えるけれど、一方のセルリアンは売り言葉に買い言葉というか、怒り心頭に発していて、普段は口にしないようなことも勢いで口にしているように見えたからだ。

　後に引けないようなことを発言する前に、セルリアンはそろそろ口を閉じた方がいいんじゃないかしらと考えていた正にその時、彼は我慢ならないとばかりにドンとテーブルを叩いた。

「はっ、あんたの言う通り間違いだったのかもしれないな！　だが、間違いだとしても、僕は王になってしまったからね。だとしたら、使える権力は使うまでだ」

そのギラリとした目つきを見て、あ、何か取り返しのつかないことを言い出すんじゃないかしらと本能的に察知する。

そのため、護衛の分を超えることは分かっていたものの、思わず口出ししようとしたけれど、それよりも早くセルリアンが宣言した。

「筆頭聖女選定会の国王推薦枠は対象者なしと回答していたが、考えを改めた！　ここにいるフィーア・ルードを参加者として推薦する!!」

「……えっ？」

けれど、セルリアンの口から飛び出してきた言葉が、想像をはるかに超えたものだったため、驚いて目を丸くする。

えっ、何ですって？

私が筆頭聖女の選定会に参加する？

……セ、セルリアンは一体何を言い出すのかしら。

2位 725票

サヴィス・ナーヴ

【感想】サヴィス総長は渋くて格好いいです！ フィーアとこれからどんな雰囲気になるのか楽しみです。／登場シーンが決して多くはないのに、ここ一番ですごいインパクト残してくサヴィス総長大好きです！

3位 688票

シリル・サザランド

【感想】今後もシリルの格好良いところが読みたいです！／シリル団長一筋に生きます！／いつもフィーアに柔らかく微笑みかけている優しくて強いシリル団長が大好きです!!!!!!

6位 153票

セラフィーナ・ナーヴ

【感想】サザランドの人々のために周囲を押し切って急行した優しさと行動力素敵過ぎる。

7位 150票

クェンティン・アガター

【感想】フィーア様への信仰心好きです。／クェンティンという推しがいる限り何度だって投票したい。

4位 686票

フィーア・ルード

【感想】圧倒的にアホ可愛い！／フィーアの明るさが大好きです。／フィーアしか勝たん！／どのキャラも個性的で大好きですが、やっぱり主人公のポジティブなフィーアちゃんに投票させていただきます！

5位 390票

シャーロット

【感想】フィーアと姉妹みたいでかわいい！／シャーロットが次の筆頭聖女になったら良いなぁ。／健気で頑張ってるところが好き。

8位 カーティス・バニスター 149票

9位 ザビリア 146票

10位 デズモンド・ローナン 50票

11位 ファビアン：48票
12位 カノープス・ブラジェイ：47票
13位 セブン：44票
14位 クラリッサ・アバネシー：33票
14位 レッド：33票
16位 オリア・ルード：30票
16位 オリーゴー：30票
18位 ザカリー・タウンゼント：28票
19位 セルリアン：20票
20位 グリーン：17票

21位以下 シェアト・ノールズ／ドリー（ロイド・オルコット）／プリシラ／イーノック／プロキオン・ナーヴ／ブルー／ミラク・クウォーク／ロン（ノエル・バルフォア）／ガイ・オズバーン

その他投票 シャウラ／ミアプラキドス・エイムズ／パティ・コナハン／サリエラ／コレット／オルガ／アダラ団長／エステル／ドルフ・ルード／レオン・ルード／エルナト・カファロ／チェーザレ／イアサント王太后／イェルダ王女と兄／レッド・グリーン・ブルーの妹／黒フェンリル／アルテアガ帝国の騎士団副総長／大聖堂の赤髪の下働き／サザランドの民／ザビリンリン・リンゴスキー／総長のシックスパック

十夜先生からのメッセージ

前回をはるかに上回る4,633票もの投票、及びたくさんのコメントをありがとうございました。
1人 1人のキャラクターが本当に愛されているのだなと嬉しくなりましたし、
皆様のお声が聞けて元気が出ました。ご参加いただいた皆様、どうもありがとうございます!!
引き続き、「転生した大聖女は、聖女であることをひた隠す」を楽しんでいただけるよう頑張ります。

たくさんのご投票と、キャラクターや作品への愛のあるコメントをいただき、誠にありがとうございました！ 第三回開催もお楽しみに♪

【感想】セラフィーナを過保護なまでに扱っているのがほんと良いですよね！ 果たして、シリウスは生まれ変わっているのかとーっても気になります!!／一途なシリウスがとてもカッコいい!／溺愛ぶりが最高!／シリウスのポツリと漏らすデレの言葉が萌え萌え\(//∇//)\／騎士以外に興味のなかった彼が、どんな時でもセラフィーナを擁護し大切に扱う様は読んでいて惚れ惚れするくらい男らしくカッコいい。ぶっちぎりの一位です。／セラフィーナには気づかれてない告白の言葉に文章中の侍女たちと一緒にきゅんきゅんしております。

セラフィーナ、お忍び中にシリウスにナンパされる（300年前）

これは、私が16歳の時の話だ。

「カノープス、シェアト、行きましょう」

王城にて、私服に着替えた2人の騎士を振り返ると、私は笑顔で声を掛けた。

すると、一瞬の沈黙の後、カノープスは返事をしたのだけれど……

「承りました」

一方のシェアトは返事をすることなく、激しい調子でカノープスを詰(なじ)り始めた。

「おい、カノープス！　優れた騎士の条件は、何事にも唯々諾々と『応』と答えることじゃないぞ！　時には主君を諫めることも必要だからな!!」

それから、2人は言い合いを始めてしまった。

困ったわねと思いながらも、よく見る光景だったので、言葉を差し挟まずに成り行きを見守っていると、珍しくカノープスが声を荒らげる。

「その諫める場面が今だと思っているのならば、お前がやるんだな！」

「それは……」

「できもしないのならば、私に押し付けるな!!」

「……ぐぅ」


私はこれからカノープスとシェアトとともに、お忍びで王都を探索する予定になっていた。

元々、私が身分を隠して王都を探索したいと希望したのが始まりだけれど、1人では危険だということで、護衛騎士のカノープスと近衛騎士のシェアトに同行してもらうことになったのだ。

そのため、3人ともに平民服を着用して、さあ、出掛けるわよというところで言い合いが始まってしまった。

けれど、すぐにシェアトが言い負かされる形で決着がついたため、改めて出掛けようとしたところ、そのシェアトが私に向き直り熱心に訴えてきた。

「セラフィーナ様、街へのお忍びは中止しませんか?」

「えっ、護衛人数が2人では少な過ぎるのかしら」

体格のよい男性を大勢引き連れて歩いたら怪しまれるかもしれないと思って、少ない人数に設定したのだけれど、少な過ぎたのかもしれない。

そう考えながら恐る恐る尋ねると、シェアトは首を横に振った。

「いえ、オレとカノープスが同行すれば、セラフィーナ様の身の安全は完璧に保証できます。そうではなくて、世の中にはもっと恐ろしい危険があるんですよ！　もしもたった2人の護衛しか連れずに、お忍びで出掛けたことがシリウス団長にバレたら、この世の地獄を見ることになります!!」

シェアトは赤と黄の髪色をした派手な顔立ちの騎士だ。

長身で筋肉質と体格にも恵まれ、近衛騎士団の中でも指折りの強さを誇っているのに、いつだってシリウスに怯える様子を見せるところが彼のおかしなところだ。

「シェアトったら、シリウスはこれくらいで怒ったりしないわよ。そうね、私を守る近衛騎士団長という立場上、少しは怒った振りをするかもしれないけれど、あくまで振りだわ」

「あああ、本気でそんなことを言うなんて、セラフィーナ様は何一つ分かっていないですね!!」

大きな体を丸めて頭を抱えるシェアトを見て苦笑すると、私はもう一度、大きな鏡に全身を映してみた。

庶民が着用する簡易なドレスに、肩までの黒髪のウィッグを身に着けているため、誰一人私がセラフィーナ王女だとは気付かないだろう。

一方、護衛として付いてくるシェアトはチャラっとした派手な服を、カノープスは鮮やかな色合いの服を着用しているため、こちらも騎士に見えないはずだ。

つまり、私たちが王女や騎士だと見抜かれるはずはないのだから、シェアトの心配は杞憂に終わるだろう。

「シェアトはいつだって自信満々なのに、シリウスに関しては心配性よね。あなたがあまりにも言うものだから、用心に用心を重ねて、シリウスが用事で王都の外に出る日を狙ったというのに、まだ何か心配事があるのかしら?

「セラフィーナ様案件ということが、既に心配事でしかないんですよ! シリウス団長はいつだって、セラフィーナ様に関することには神がかって鋭いじゃありませんか! オレだって、冷静な頭でこの計画を何度も見直しました。そのうえで答えると、今日のお忍び計画は完璧だと思いますし、絶対にシリウス団長にはバレないと思います。が、それでも、きっとバレるんですよ!!」

シェアトの言っていることは滅茶苦茶だわ、と思いながら意見を求めるようにカノープスを見ると、彼は生真面目な表情で口を開いた。

「シェアトの発言には何の根拠もありませんので、信用に値するものではありません。それでも、私も今回のお忍びは遅かれ早かれ、シリウス団長に露見すると思います」

「まあ」

シェアトだけではなく、カノープスまでおかしなことを言い出したわよ。

そう思ったけれど、何の根拠もない言葉を基に探索を中止するわけにもいかない。

私は笑顔で2人を見やると、「じゃあ、見つかる前に楽しみましょう」と言いながら、2人の背中を押し出したのだった。

◇ ◇ ◇

結論から言うと、街探索は大成功だった。

誰一人私が王女だと気付かなかったし、人々の普段の生活を垣間見ることができたし、私はとっても楽しかったからだ。

夕食にと、屋台で買った肉串を食べながら、私はシェアトに笑いかける。

そこは路上に簡単なテーブルと椅子が並べてある、居並ぶ屋台の料理を食べるための場所だった。

「ね、シェアト、問題なかったでしょう?」

「それはオレが死ぬ間際まで分かりませんよ。あああ、オレはこれから死ぬまで、いつ今日のことがシリウス団長にバレるのかと、ドキドキしながら毎日を過ごさなければいけないんです」

果たしてシェアトはそんなに繊細なのかしらと思いながらも、無言で串にかぶりついていると、後ろから声を掛けられた。

「こんにちは、お嬢さん」

振り返ると、明らかに身なりのいい男性と、その従者らしき男性の2人組が立っていた。

「私はオーデュボン男爵だ。君を我が屋敷に招待しよう」

初対面にもかかわらず、オーデュボン男爵はもったいぶった口調で、いきなり私に誘いかけてきた。

「えっ、い、いいえ、結構よ」

男爵ということは貴族で、お家に招待されたということは私が王女だとバレたのかしら。

そう焦りながらもきっぱりと拒絶すると、オーデュボン男爵はむっとしたように顔を歪めた。

「私から誘われる栄誉を理解していないのか？　これだから平民はなってないんだ」

男爵は呆れたように頭を振ると、腕を伸ばしてきて私の腕を摑もうとした。

とっさにカノープスとシェアトが私の前に立ちふさがったけれど、2人が男爵を諫めるよりも早く、彼の後ろから腕が伸びてきてがしりとその腕を摑む。

「え？　な!?」

そして、オーデュボン男爵が戸惑ったような声を上げると同時に、その腕がごきりと鳴って、体が空中で一回転した。

「ぎゃあああああ!!」

オーデュボン男爵は片腕を抱きかかえながら地面をゴロゴロと転がると、断末魔のような悲鳴を上げる。

はっとして視線をやると、とてもよく見知った銀髪白銀眼の男性が、男爵を無表情に見下ろしていた。

速過ぎて何が起こったのかよく見えなかったけれど、間違いなくこの銀髪の男性がどこからともなく現れ、男爵を投げ飛ばしたのだろう。

突然のことに声も出せずに目を見開いていると、彼はだんと足を振り下ろして、転げ回っている男爵の肩を踏みつけた。

「ぎいいいいいいいい！！！」

再び叫び声を上げる男爵を不愉快そうに見下ろすと、銀髪の男性は興味がなさそうに尋ねる。

「どうやら腕を骨折したようだな。治療代が必要だというのであれば、オレの連絡先を教えるが？」

その声は研ぎ澄まされた剣のようで、どんな愚鈍な相手でも脅迫されていることが分かるほどに冷え冷えとしていた。

相手の連絡先を知ったならば、自分の連絡先も教えなければならず、それはすなわち、目の前の魔人のような相手とつながることを意味する。

その恐ろしさを理解できるくらいには男爵は聡明だったようで、踏みつけられたままびくりと体をそらした。

「ひいいい！　………ひっ………………」

「いいいいいりません！　けけ結構です!!」

恐怖で口から泡を吹き出した男爵に代わって、彼の従者が顔面を蒼白にしながら答える。

それから、従者が焦った様子で素早く男爵を立ち上がらせると、２人はほうほうの体で逃げるように去っていった。

「ほら見ろ、ほら見ろ、ほら見ろ！　だから、オレは言ったじゃないか!!」

私の後ろでは、何かの呪文のようにシェアトが同じ言葉を小声で繰り返し始める。

一方、カノープスはぐっと奥歯を噛みしめると、叱責に耐えるかのように頭を下げた。

けれど、２人と相対した銀髪白銀眼の男性――貴族服姿のシリウスは、２人に視線をやることなく、私に片手を差し出してきた。

「こんにちは、お嬢さん」

「えっ？」

そのどことなく他人行儀な口調に目を瞬かせていると、シリウスは私の片手を取ってじっと眺めてきた。

「まるで王侯貴族のように手入れされた手だな」

「えっ、そ、それはだって……」

「ああ、自己紹介がまだだったな。オレはシリウス・ユリシーズ。騎士をしている」

シリウスに改めて自己紹介をされたため、一体何のつもりなのかしらと戸惑いを覚える。

「えっ、ええ、それはそうね。あの」

「名前を教えてくれないのか？」

「えっ、私はセラフィーナ」

反射的に答えると、シリウスは小さく頷いた。

「そうか、オレの知り合いと同じ名前だな」

「えっ？」

もしかしてシリウスは、私が誰だか気付いていないのだろうか。

まるで初対面の相手にするような対応を目にし、判断が付かずに首を傾げていると、後ろからシェアトが噛みつくような声で言葉を差し挟んできた。

「そんなわけはありませんからね！　まかり間違っても、あなた様に気付かないことなど絶対にあり得ませんから!!」

「シェアトの言う通りです。絶対に気付いておられます!!」

さらに、カノープスまでもが助言してくる。

……そうよね。いくら黒髪のウィッグを被っているとはいえ、気付かないはずはないわよね。

そう納得しながら、まだ夕方なのにどうして王都にいるのかしらと、疑問に思ったことを尋ねてみる。

「シリウス、思ったよりも早かったのね。今日は向こうに泊まってくると思ったのだけど」

「はは、セラフィーナは意外と馴れ馴れしいタイプなのか。まるで旧知の仲のように話しかけてくるのだな」

「えっ？」

もしかしてもしかしたら、私だと気付いていないのかしら??

再び疑う気持ちが湧いてきて、大きく首を傾げていると、カノープスとシェアトの声が揃った。

「『セラフィーナ様、騙されないでください!!　そんなわけはありませんから！！！』」

「あっ、そ、そうよね」

気を取り直してシリウスを見上げると、私は単刀直入に質問する。

「シリウス、私がセラフィーナだと分かっているのよね？」

すると、彼は両手で私の片手を包み直し、その甲に唇を押し当てた。

「ああ、一目でこれほど魅入られるのだから、君がオレの運命の相手であることはもちろん分かっている。そうか、オレの相手は黒髪に金の瞳だったのか」

その声はいつになく艶を帯びていて、細められた白銀眼は熱をはらんでいるように思われる。

「シ、シ、シリウス？」

動揺して一歩後ろに下がったけれど、大股で一歩詰められてしまい、私の体が彼のそれに密着する。

「シ、シ、シリウス、くっついているわよ」

「意図的だ」

「ええぇっ!?」

シリウスは一体どうしてしまったの、と困ってカノープスとシェアトに顔を向けると、２人とも真っ青な顔で首を横に振った。

「そんな！」

どうやら助けてくれないらしい。

「なるほど、オレが口説いている最中に他の男性に助けを求めるとは、セラフィーナは多情でもあるのか」

「く、くど？　た、たじょう⁇」

よく理解できない単語が飛んだため、目を白黒させていると、シリウスはさらに距離を詰めてきて、私の髪を指に巻き付けた。

「そんな多情な君に一体どれほどのことをすれば、オレだけを見てくれるのだろうな」

「シ、シ、シリウス……あなた」

「ああ、どうしてほしい？」

そう言いながら、顔を近付けられたところで……私の腰が抜けてしまった。

がくりと足の力が抜けたけれど、尻餅をつく前に力強い手に支えられる。

まん丸になったままの目で見上げると、シリウスがおかしそうににやりと笑った。

「はは、腰が抜けたか。……少しは反省したか、お転婆姫？」

「シ、シリウス！　やっぱり私だと分かっていたのね‼」

酷いわと声を荒らげると、シリウスはどうしようもないなとばかりに肩を竦める。

「当然だ。オレがお前に気付かないかもしれないと考える時点で、お前はどうかしている」

そう言うと、シリウスは肩に掛けていたマントを脱いで、私の上に被せた。

それから、丁寧な手つきで私を抱き上げる。

シリウスに抱かれた私は、その胸元を摑むと必死になって問いかけた。

「だったら、どうして分からない振りをしたの?」

私の質問を聞いたシリウスは、少しだけ怖い顔をした。

「オレ抜きで城を抜け出すなと、オレは事前に忠告していたはずだ。それなのに、カノープスとシェアトを付けさえすれば、全ての危険を回避できると考えてお前は城を抜け出した。そうであれば、それは間違いだとお前に理解させるのがオレの役目だ」

「えっ、だから」

「ああ、オレがお前に迫った時に、あの2人は近寄っても来なかった。ほら見ろ、カノープスとシェアトが対応できない危険が存在したぞ」

得意気にそう口にするシリウスをぽかんとして見つめたけれど、私はすぐに噴き出した。

「まあ、いやだわ。シリウス、あなたは唯一の例外よ」

「例外に唯一などない。今回のような想定外の危険は他にも存在する」

「そうではなくて……あなたが相手の場合だけは、どんな危険もないと判断したのよ。私も、カノープスも、シェアトも」

「……セラフィーナ?」

一体何を言い出したんだとばかりに、シリウスが困惑した様子で私の名前を呟いたけれど、私は気にすることなく話を続ける。

「ねえ、シリウス、あなたが私を傷付けることは決してないわ。絶対に、何があっても。そうでしょう?」

そのことは私たち3人も分かっているから、そもそもシリウスが悪漢の役をしようとしたところで無理があるのだ。

「……ああ」

シリウスもそのことに思い至ったようで、苦虫を嚙み潰したような表情で答える。

私は満面の笑みを浮かべると、彼に抱き上げられた形のまま、その首に両腕を回した。

「大好きよ、シリウス。だから、私も絶対に、何があってもあなたを傷付けないわ。それから、あなたを傷付ける全てのものから守ってあげる」

シリウスはしばらく無言で私を見つめていたけれど、ふいと顔を逸らした。

「…………お前は悪い魔女だな。清廉であろうとするオレをたぶらかし、ダメにする」

「まあ、私はあなたを全てから守ってあげると約束したのに、何てことを言うのかしら」

びっくりして言い返すと、シリウスは顔を戻し、酷いものを見る目で私を見つめてきた。

「分かっている。お前がちっともオレの気持ちを分かっていないことは、きちんと分かっている。お前はずっとそのままでいてくれと、あるがままに育てたのはオレだ。だから、お前がこんな仕上がりになったのはオレのせいだ。因果応報とはこのことだな」

具体的に何を言いたいのかは分からなかったけれど、悪口を言われていることだけは理解できたため、じとりと睨み付けると、彼は諦めた様子で肩を竦める。

それから、話題を変えるかのように空を見上げた。

「暗くなってきたな。日が落ち切ったら寒くなるから、城に戻るか?」

質問された私は、ちらりとシリウスの顔色をうかがう。

「シリウス、日帰りで王都の内と外を往復したのだから、すごく疲れているわよね?」

「騎士の体力を甘く見るなよ」

シリウスはそう言うと、抱えていた私をわざとらしく高い位置まで持ち上げた。

「本当? 無理をしていない? あなたさえよければ、これから一緒に夜の街を回るのはどうかしら?」

「4人でか?」

至極当然の質問をするシリウスの前で、私は悪戯っぽい表情を浮かべる。

「私を守るべき近衛騎士団長にこんなことを言うと、リスク管理がなっていないと怒られそうだけど、シリウスと2人で回りたいわ」

「ふむ、オレと一緒にいて、お前が危険な状態に陥る可能性はゼロだ。いいだろう。今日はお前も変装しているし、オレも騎士服を着用していないから、建前を守ってぞろりと騎士たちを引き連れる必要はない」

確かにシリウスは騎士団関係以外の用事で出掛けていたため、珍しく貴族服を着用していたけど、そういう問題なのかしら？

そう首を傾げたものの、シリウスが受け入れてくれたのならばいいわよね、と顔をほころばせる。

その時、成り行きを見守っていたカノープスとシェアトが、騎士の礼を取るのが目の端に見えた。

突然どうしたのかしらと視線をやると、2人はこちらに顔を向けたまま数歩下がった後に身を翻し、解放された罪人のように素早く走り去っていった。

そのあまりの早さに驚いていると、距離ができたところでシェアトが立ち止まり、頭の上で両腕を伸ばして大きな丸を作る。

どうやら、シリウスの機嫌を直した私の手腕を評価してくれたらしい。

「シリウス、シェアトに褒められたわ」

そう言うと、シリウスはおかしそうに笑いながら、私を地面に下ろした。

「よかったな。ところで、抜けていた腰は戻ったか？　立てなければ抱えて歩くが」

「大丈夫よ」

そう答えはしたものの、思うところがあって彼の腕に手を掛ける。

「でも、ふらつくといけないから、腕を組んでもいい？」

「ああ」

私を見下ろすシリウスの瞳がいつになく優しく見えたため、私はぎゅううっと彼の腕に強くしがみついた。

「シリウス、1つだけ聞いてもいい？　あなたはさっきのように、知らない女性に声を掛けることがあるの？」

「あるわけがない。あれはお前だと分かっていたから声を掛けたまでだ」

即答された内容に安心して、私は長い息を吐く。

「よかったわ。あなたが手馴れている気がして、心臓がずきずきしていたの。シリウス、私が腰を抜かした理由の半分は、思ってもみない扱いをされたためだけれど、もう半分はあなたが普段から女性に声を掛けているのかもしれない、と考えてショックを受けたからよ」

「それは悪いことをしたな」

シリウスはバツが悪そうな顔をすると、素直に謝罪してきた。

そのため、私も素直に心の裡を声に出す。

「ねえ、シリウス、『どうしてもその女性とでなければできない』ということ以外は、私としてね？」

シリウスは不服があるとばかりに、片方の眉を上げた。

「セラフィーナ、お前の言葉には語弊がある。それがどんなことであろうとも、ともにやりたいと思うのはお前だけだ。オレはお前以外の女性に時間は使わない」

真摯な表情で言い切られたため、私の心臓がとくりと高鳴る。

けれど、なぜだかそのことを気恥ずかしく感じたため、誤魔化すように明るい声を上げた。

「そうよね、幼い頃からずっと一緒だから、私が相手だと勝手が分かって楽だものね。いいわよ、あなたのやりたいこと全てに私が付き合うわ！」

シリウスはしばらく無言で私を見つめていたけれど、心の底からといった大きなため息をついた。

「……どうやらオレは、お前の育て方を間違えたようだな。お前はオレ以外の者に、今と同じセリフを言うんじゃないぞ」

まあ、シリウスったらおかしなことを言うわね。そんなことをするはずがないじゃない。

「言わないわ。私が何でもお相手するのはシリウスだけよ」

私の言葉を聞いたシリウスは安心するかと思ったのに、さらに深い皺を眉間に寄せた。

「………………くっ、本当にオレは、お前の育て方を間違えたようだな。セラフィーナ、お前は発する言葉の意味を理解するまで、二度と同じことを口にするな！　オレが相手であってもだ!!」

「もちろん、自分が発した言葉の意味くらい分かって」

「いない！　オレのやりたいことの範囲をお前は絶対に理解していない!!　お前は……」

言いかけた私の言葉に被せる形で、シリウスから言葉を続けられる。

シリウスの我慢ならないといった態度を見て、延々とお説教が続きそうな雰囲気を感じ取った私は、これはまずいと慌てて口を閉じた。

それから、彼の腕を掴んでいた手に力を込めるとまっすぐ見上げ、にこりと微笑みかける。

「だったら、シリウスが私に教えてちょうだい？」

シリウスはしばらく私を凝視した後、脱力したかのように肩を落とした。

「…………お前は、どこでそんな手管を覚えてくるんだ」

そう言うと、シリウスは私の肩に頭を乗せる。

「セラフィーナ、オレの惨敗だ」

わあい、勝ったわ。

などと言える雰囲気ではなかったため、私は無言で彼の頭をよしよしと撫でた。

それから、少しだけ顔を上げて恨めしそうに見つめてくるシリウスに笑顔を向ける。

「じゃあ、私の勝ちをあなたにあげるわ。あなたのやりたいことの範囲は理解していないかもしれないけれど、私のあげたいものの範囲は理解しているから。シリウス、私は本当にあなたが大好きなのよ。だから、私が持っている価値があるものは全て、あなたにあげたいの」

シリウスは何かに耐えるかのようにぐっと奥歯を噛みしめると、弱々しい声を出した。

「……それ以上は勘弁してくれ。お前が分かっていないことを理解していても、オレがもたない」

それから、シリウスは最近お決まりとなった呪文を唱え始める。

「いいか、オレは赤盾近衛騎士団長だ、赤盾近衛騎士団長だぞ！　落ち着け!!」

しばらくの後、シリウスは気分を変えるかのように頭を振ると、途方に暮れた様子で夜空を見上げた。

彼の視線の先では、月が煌々と輝いていたため、シリウスがぽつりと呟く。

「……セラフィーナ、月が綺麗だ」

そう言われて見上げたお月様は確かに綺麗で、隣にいる銀髪の騎士と同じ色に見えた。

そのため、頭上で輝く月がシリウスと重なり、私の目にはこれ以上ないほど美しく映る。

「ええ、とっても綺麗ね」

この月はシリウスの目にはどんな風に見えているのかしら、と思いながら私はそう答えた。

それから、もう一度視線を下げると、月光を受けてきらきらと輝く銀髪白銀眼のシリウスに微笑みかけたのだった。

――――地上にある私の月もとっても綺麗だわ、と思いながら。

The Great Saint who was
incarnated hides being a holy girl

【ＳＩＤＥサヴィス】フィーアの本命として彼女の世話係を引き受ける

それは、騎士団長のみが出席を許された、厳粛なる会議の最中に発せられた言葉だった。

「うふふ、そのことだけど、私は何を聞いてもフィーアちゃんのご機嫌を損ねない人物を知っているのよね。だって、本人に直接、『本命は誰か』って聞いたんだもの！　結局は、ぶっちぎりでサヴィス総長らしいわよ！！！」

得意気に発言するクラリッサを見て、その発言内容は知らなくてよい情報だったと考えたのは、オレだけではないだろう。

そのことを証するように、その場にいた全員が動揺した様子で絶句したのだから。

冷静に物事を整理するならば、フィーアはクラリッサの発言通りの感情をオレに抱いていないはずだし、何らかの下心を持って発言したわけでもないだろう。

フィーアがオレに懸想する様子は見られないし、上司におべっかを使うタイプでもないのだから。

彼女は非常に鋭い洞察力を持つ反面、誰も考えないような頓珍漢な勘違いをする場合がしばしばある。

恐らく、今回はその頓珍漢な勘違いが発生したのだろうな、と考えながら騎士団長たちに視線をやると、デズモンドが必死になって、披露した情報を永久に封印するようクラリッサに頼み込んでいた。

誰一人口を出さないところを見るに、全員がデズモンドの意見に賛同しているようだ。

なるほど、オレの相手として、全員一致でフィーアは反対というわけだ。

……気持ちは分かる。

『もしもフィーアと生涯をともにしたら』と考えた場合、あいつらにはオレが苦労する未来しか見えないことだろう。

『フィーア・ルードを制御する』

それは黒竜を従えるよりも困難なことに思われた。

いや、その黒竜をフィーアが従えているのだったか。

「つまり、フィーアと生涯をともにする場合、自然災害のようなフィーア自身と黒竜を制御しなければならないのか」

それは確かに類を見ない困難な事柄に思われたため、オレは口の中で感想を呟くに留め、一言も差し挟むことなく皆の話を聞いていたのだった。

そんな出来事から数日後。

「サヴィス総長！」

陽も落ち切った夜闇の中、王城の庭で実に楽しそうなフィーアと遭遇した。

「仕事帰りですか？　むむむ、こんな時間にお帰りだということは、残業をたくさんしてくたびれているはずですよね。なのに、朝一番のようにぴかぴかのままだなんて、総長は一体どうなっているんですかね？」

感心したように見つめてくるフィーアの頰は、月明かりの下でもはっきり分かるくらい赤かった。

「オレにはお前の方が元気潑剌に見えるがな。酒が入っているのか？」

「これはこれはご名答です！　デズモンド団長たちに誘われて、ちょっとそこまでですね」

「そうか」

酔っぱらいの「ちょっとそこまで」は、一体どこまでを指すのだろうなと考えながらフィーアに相槌を打つと、オレは周りに控えている騎士たちに解散するよう申し付けた。

「あとは城内にある私室に戻るだけだ。危険はないし、あったとしたら、お前たちと同じ王族警護が主業務の騎士であるフィーアに守ってもらう」

オレの言葉を聞いた騎士たちは、何か言いたそうな表情を浮かべたが、結局は言葉を呑み込むと一礼して去っていった。

フィーア１人にオレの警護を任せるのは不安な様子だったなと思ったが、フィーアは別の感想を抱いたようで、嬉しそうににまにまと笑っている。

「5、6、7……うふうふうふ、7人の騎士をお役御免にして、新たに私を総長の警護担当に任命したんですね。つまり、私1人で7人の騎士に相当するということですね！」

「……そういう解釈が、成り立たないわけではないな」

明言を避けると、オレはご機嫌な様子のフィーアを眺めた。

「今夜は酒が進んだようだな」

「はい、驚くべきことに、クェンティン団長が一滴も飲まなかったので、新人のあるべき姿としてたくさん飲んできました！」

「クェンティンは体調が悪かったのか？」

クェンティンは酒に強い体質で、いつだって平気な顔をして多量の酒を飲んでいたはずだ。

その彼が一滴も酒を飲まないとは、相当調子が悪いのだろうか。

「それがですね、グリフォンの卵をお腹に入れたまま現れて、『子どもを腹に抱えている以上、酒を飲むわけにはいかない!!』と飲酒を固辞したのです。他の騎士団長たちに『お前が腹に抱えているのは子どもではなく卵だ!!』と何度も言い返されていましたけど」

「ああ……」

そうだった、騎士団長の飲み会とはそういうものだった。

「楽しそうで何よりだ。ところで、お前はどこに向かっていたんだ？」

このような夜更けに王城に向かうとは、セルリアンあたりと約束でもしているのだろうかと疑問に思って尋ねると、フィーアは得意気に微笑んだ。

「はい、騎士団の寮に向かっていました！」

「……それは少しばかり方向が異なるな」

「へっ？　でも、お月様を見ながら歩けば寮に着くと教わりましたよ」

「当然のことだが、月の位置は時間によって異なる。お前がそのことを教わったのは、今しがたではないはずだ」

「これはこれはご名答です！　先週末に飲んだ時に言われました」

「……いい。オレが寮まで送っていこう」

「うふうふうふ、まさかそんな。至尊なる騎士団総長様に送ってもらったりしたら、身に余る光栄で気絶しそうです」

「酒を飲み過ぎて眠いということだな。フィーア、眠る前に足を動かせ」

驚くべきことに、寮まで向かう間、フィーアはずっとしゃべり続けていた。

よくこれほど話題が続くなと感心したところで、ふとクラリッサの言葉を思い出す。

「そう言えば、お前の本命はオレらしいな」

一体どんな勘違いをしてオレが本命という思考になったのだろうと興味を持って尋ねると、フィーアは「これはこれはご名答です」と言ってきた。

この言い回しを使うのは、この短い時間で3回目だ。

どうやら今日のお気に入りの表現らしい。

フィーアは何かを思い出すかのような表情を浮かべると、すぐに誇らし気に胸を張った。

「うふうふうふ、とうとう総長は私の忠誠心が、霊峰黒嶽(こくがく)よりも高いことに気付いてしまいましたか！　『本命』というのは騎士独特の言い回しで、騎士団で一番強い騎士は誰かという質問なのです。そして、忠誠心の高い私は、クラリッサ団長にその質問をされた際、シリル団長がサヴィス総長よりも強いことを皆に黙っている、と約束したことを思い出したのです！」

「なるほど」

「そのため、騎士団一強い騎士として、サヴィス総長のお名前を挙げたまでです。はい、私の忠誠心の表れです。けど」

そこで言葉を切ると、フィーアはオレの右目に視線を走らせた。

「総長の右目が治れば、実際に一番強くなると思いますよ」

フィーアはまっすぐオレを見つめてくると、何の含みもない表情で素直にそう発言した。

さすがは「支配者の目」を持つ者だ、慧眼だな。しかし……

「不要だ。右目はオレに必要ないものだ」

以前と同じ言葉をフィーアに返す。

10年も前の古傷だ。怪我が治る見込みなどないし、あったとしても治す気はなかった。

そのため、オレは隻眼で生きていくのだと考えていると、フィーアは納得したように頷いた。

「もちろん本人の気持ちが一番大事ですからね。総長が治したいと思ったタイミングで治すのが一番だと思います」

……フィーアはやはり聖女に理想を抱いているな。

10年も前に欠損した眼球を治癒できる聖女などいるはずもないのに、オレの気分次第でいつだって治癒できるものと考えているとは。

「戦うえで、隻眼であることはものすごいハンデです。身をもってそのことを体験していながら、それでも隻眼を望まれるのですから、総長には譲れない想いがあるのでしょう。でも、……両目で見る世界は美しいですよ」

まるで片目で見ることの不自由さを、あるいは盲目の不自由さを知っているかのような目をして、フィーアは静かにそう語った。

不思議なことに、フィーアの言葉は時として、真実の響きを持って胸に響く。

だからこそ、彼女の言葉が自然と胸の中に入ってきて、素直にその言葉を吟味することができるのだ。

「……そうだな。いつかこの世界の美しさに焦がれた時、オレは失った右目を望むかもしれないな」

オレには不可能なことを夢見る趣味はなかったはずだが、なぜだかそう答えていた。

そして、オレの言葉を聞いたフィーアが嬉しそうに微笑むものだから……オレは正しい言葉を口にしたような気持ちになる。

しばらく沈黙したまま歩いていると、灯りを見つけたフィーアが嬉しそうな声を上げた。

「あっ、寮が見つかりました！」

フィーアはオレに寮まで送られてきたことを忘れているようで、世紀の大発見をしたかのように女子寮を見て大喜びしている。

「すごい、とうとうお酒を飲んでも寮に辿り着けるようになりましたよ‼」

これまでの彼女が心配になる言葉を吐くと、フィーアははっとした様子でオレを仰ぎ見た。

「あれ、でも総長は寮暮らしではないですよね？　失敗しました！　私は総長を王城の私室まで送っていかなければならないんでした‼」

「そうしたら再び、オレはお前をここまで送らなければならなくなるのだろうな」

「えっ？」

「王城までの護衛は不要だ。今日のところは、オレがお前の世話係を担当しておこう。何と言ってもお前の本命だからな」

護衛に就いていた騎士たちには、フィーアにオレの護衛をさせると言ったが、逆にオレの方がフィーアの護衛をしているようだな。

そう考えて、何とはなしにおかしな気持ちになっていると、フィーアは納得した様子で大きく頷く。

「私の本命！　これはこれはご名答です」

酔っぱらいはご機嫌な様子で、お気に入りの言葉を繰り返していた。

そんなフィーアは見るからに楽しそうで……明るい月明かりの下、オレはこんな夜も悪くないなと思ったのだった。

フィーア、シリルと休日デートをする

「フィーア、今日一日、私に付き合ってもらえませんか？」

我が第一騎士団が誇るイケメン騎士団長様が、休日の朝一番に女子寮までやってきたと思ったら、驚くべきことにデートを申し込まれた。

「えっ、デートの申し込みですか？」

両手で頰を押さえながら、乙女らしく質問したというのに、シリル団長は驚いた様子で目を見開く。

「はい？　ええと、……そのような質問をするということは、フィーアこそが私とデートをしたいのでしょうか？」

「ええっ!?」

男女が一緒に出掛けると言ったら、デートかしらと考えるのは当然の思考だろう。

だからこその質問だったのに、逆に私がデートをしたいのかと問い返してくるシリル団長はいかがなものか。

「いやいや、どうして私がシリル団長とデートをしたいという話になっているんですか。そうではなくて、シリル団長こそが……」

私とデートしたいんじゃないんですか？

と尋ねるまでもなく、そんなつもりがないことは団長の態度から既に判明してしまった。

そのため、私は質問を言い止すと、何でもないと首を横に振った。

「ええと、今日一日、シリル団長にお供すればいいんですね？」

よく考えたら、私は入団1年目の新人騎士だった。

そして、騎士団という上下関係が厳しい団体において、新人騎士は使い走りなのだ。

恐らく荷物持ちだとか、何かあった時の護衛だとかで、今日は駆り出されるのだろう。

「お供というよりも、一緒に外出を楽しんでいただければ嬉しいです。本日は街に買い物に出掛ける予定ですので」

分かりました、荷物持ちですね。

了解の印に頷くと、シリル団長は1時間後に迎えに来ると言って去っていった。

◇　◇　◇

「ザビリア、この後シリル団長と街に行くのだけど、何かほしいものはない？」

ふと思い付いて尋ねると、出窓のスペースで丸まっていたザビリアは、体の下に隠していたアイテムを指し示しながらとんでもない答えを返してきた。

「だったら、ここにある黄金の竜の像がもう1体ほしいな」

ザビリアがお腹の下に敷いている黄金の像は、以前、聖石のお返しにとシリル団長から受け取った代物だ。

どう考えても高価過ぎるから、隙を見て返却しようと考えていたのに、ザビリアに見つかって、巣作りの材料にされてしまったのだ。

というのも、竜には光り物を集める習性がある。

そのため、黄金の竜の像以外にも、隠していた回復魔法満タンの聖石や、とんでもない付与を付けた魔石を探し出されて、体の下に敷き詰められてしまっていた。

そんな禁断の代物の上に満足した様子で丸まっているザビリアを、私はじろりと睨み付ける。

私の可愛らしいザビリアは、どうやら金銭感覚が欠如しているようね、と考えながら。

なぜならシリル団長から押し付けられた黄金の像は、私の1年分の給金を丸っとつぎ込んでも買えない代物だということが、ちっとも分かっていないのだから。

「ほほほ、とっても素敵なセレクトだけど、その品物を買うのは、私が王族か高位貴族に嫁ぐまで待ってちょうだい」

「それはフィーアが最近よく使う言い回しだよね。僕はこれまで、フィーアの言葉を文字通りの意味で受け取っていたけど、やっと正しい解釈が分かったよ。つまり、フィーアはそのどちらにも嫁がないから、『絶対に買わない』ってことだよね」

「ザビリアったら、乙女の夢を壊すのは止めてちょうだい！　私だっていつの日か隠れた資質を見出され、お貴族様に嫁ぐかもしれないんだから」

「うーん、フィーアがそんなものを望んでいるとは知らなかったよ。そうであれば、この国の守護聖獣である僕を従魔にしたと、皆に明かしたらどう？　それだけで、貴族なんて選び放題になるんじゃないかな」

悪戯っぽく尋ねてくるザビリアに、私は顔をしかめる。

「それはダメよ！　私の大事なザビリアを、私をよりよく見せるアイテムにはできないわ」

「ふふふ、フィーアは高位者に嫁ぐよりも、僕の方が大事なんだね。でも、それじゃあ、フィーアの相手は貴族になり得ないよ」

望むところだわ。ザビリアも分かっているだろうけど、さっきの言葉はただの冗談で、王族や貴族に嫁ぎたいとはこれっぽっちも思っていないのだから。

満足した様子のザビリアと別れると、私は『絶対に私の相手になり得ない大貴族』であるシリル団長のもとに向かった。

「お相手うんぬんの前に、私はただの荷物持ちだからね」

そう考えた私の思考は、至極真っ当だったはずだけれど……

「フィーア、このバスローブはどうですか？　吸水性と保温性に優れているようですから、あなた向きじゃないですか？」

シリル団長とのお買い物は、私の想定と全く異なっていた。

荷物持ちという雰囲気はまるでなく、私が仲の良い友人であるかのように、商品についての意見を求められるのだ。

あれ、そう言えば、私はシリル団長の友人でもあったわよね。

もしかして団長は、私を友人として同伴させているつもりなのかしら？

そう首を傾げながら、尋ねられたことに答える。

「いいとは思いますが、私向きではないですね。女子寮のお風呂は共有ですから、とてもこんな煌びやかなバスローブは着られません。浴場から私室までの長い廊下を、このローブを着て歩くのは勇気がいります」

私の返事を聞いて、シリル団長は残念そうな表情を浮かべたけれど、いやいや、これは公爵家の高級な寝室には合うのかもしれないけど、お風呂共有の女子寮には合いませんから、と心の中で言い返す。

するとシリル団長はすぐに気持ちを切り替えたようで、バスローブの隣に置いてあった商品を手に取った。

「では、このナイトキャップはどうですか？　こちらを被って眠ると、寝癖を抑えることができ、朝から髪をセットする必要がなくなるらしいですよ」

「えっ、それは便利ですね！　これを被ると、毎朝5分長く眠れますね!!」

ほしい気持ちが声に表れているなと思いながら返事をすると、シリル団長はにこやかに頷いた。

「あなたが気に入ったようでよかったです」

それから、シリル団長は女性用のナイトキャップを手に取ると、会計に向かった。

そのため、私は『どうしてシリル団長は女性用品ばかりを購入するのかしら』と考えながら首を傾げる。

――そう、不思議なことに、シリル団長は先ほどからずっと、女性用の品物ばかりを購入しているのだ。

一体誰のための物なのかしら、と不思議に思って尋ねると、「私のために購入しています」と返されてしまう。

うーん、そんなわけないわよね。

それから、誰のために購入しているのか知らないけれど、私の意見を１００％取り入れるのはどうなのかしら。

私のセンスの良さを評価してくれるのはありがたいけれど、贈り物をする相手が個性的な趣味を持っていたならば、私が選んだものはお気に召さないいんじゃないかしら。

そう思いながら視線をやると、新たに購入した商品が入った袋を私に持たせるでもなく、シリル団長は自分で持っていた。

……うーん、これでは荷物持ちはシリル団長の方ね。

たくさんの袋を抱えた団長を見て、私はそう思ったのだった。

その後、王都のレストランでランチを食べた。

前もって予約されていたようで、すぐに席に案内されると、瞬く間に私の好物ばかりがテーブルの上に並ぶ。

「何てことかしら！　私の好物ばかりが並ぶなんて、まるで魔法だわ!!」

興奮して普段より大きな声を出したけれど、シリル団長は咎めるでもなく、悪戯っぽい表情で見つめてきた。

「先日、王城でサヴィス総長と食事をしたとうかがいました。その際にあなたが特に好んで食べた料理を事前に聞き出していたのです」

「ぐはあ、できる騎士団長はそこまで抜かりないのね!!」

恐ろしいまでの調査能力だわ、と改めてシリル団長のすごさに感服する。

やっぱり筆頭騎士団長となったことには理由があるのだ。剣の腕前はもちろんだけど、このさり気ない気配り力と実行力が大事なのね。

「シリル団長が筆頭騎士団長になった理由が分かりました！」

勢い込んでそう言うと、シリル団長はおかしそうに微笑んだ。

「ふふ、仲間の騎士に昼食を馳走する財力ですか？」

「もちろんそれもあるといいですが、一番大事なのは気配り力と実行力です！」

「ふふふ、要約すると、あなたに美味しい料理を馳走できる能力ということですね」

あれ、そうなるのかしら。

「さすがですね、シリル団長！　たった一言でまとめてしまうとは」

やっぱり筆頭騎士団長は違うわねと感服しながら、デザートまでしっかり食べて、レストランを後にする。

いつの間にかシリル団長が私の分の料理代まで払っていたため、申し訳ない気持ちでお礼を言っていると、ちょうど通りかかった騎士団長2人に出くわした。デズモンド団長とザカリー団長だ。

そのため、嫌なところを見られてしまったわ、と顔をしかめる。

男女が2人で出掛けていて、楽しそうにレストランから出てきたらデートよね。

これは冷やかされるんじゃないかしら、と身構えていると、予想通りデズモンド団長がからかうような表情で口を開いてきて……

「何だあ、シリル！　今日は用事があると言っていたが、フィーアと買い出しだったのか!!」

デズモンド団長はシリル団長が抱えていたたくさんの紙袋に目ざとく気付いたようだけれど、思考回路がいただけない。

まるで騎士団の用務であるかのような発言をしてきたのだから。

「買い出し！」

あれ、男女2人で出掛けているんですよ。ショッピングデートという発想はないのかしら？

そう考えながら顔をしかめたけれど、今度はザカリー団長がレストランを見て首を横に振る。

「こんな小洒落た店で食事をしても腹が膨れないだろう。クラリッサに勧められてこの店に来たことがあるが、大きな皿にちっぽけな食材が載っていただけだったぞ！　テーブルいっぱいに皿を並べても大した量にはならないし、胃袋の片隅しか埋まらなかった。どうせなら、隣にある肉を大盛りにしてくれる店に行くべきだったな」

うーん、既に思考が『質より量』の騎士のものになっているわね。

というか、メンバーが悪かったわ。

こんな情緒が全くない2人に、乙女チックな思考を期待した私が愚かだったのよ。

そう考えていると、シリル団長がにこりと微笑んだ。

「お言葉ですが、本日は騎士団の用務で来ているわけではありません。私はフィーアとデートをしているのです」

「えっ！」

さっきは否定していたのに突然どうしたのかしら、とびっくりしてシリル団長を見上げると、隣からデズモンド団長の呆れた声が響いた。

「男女で出歩きさえすれば、何でもデートと表現できるってもんじゃねぇぞ！　お前らのそれは、オレとクラリッサが2人で王城警備をしていたら、デートが成立したと言っているようなものだ!!」

いや、さすがにそれは仕事でしょう、と思っていると、ザカリー団長が愉快そうに会話を引き取る。

「ははは、それでいいのならば、オレとクラリッサが2人で魔物討伐に出掛けたら、それもデートだな！」

楽しそうに世間の常識からズレた会話を始めたデズモンド団長とザカリー団長を華麗にスルーすると、シリル団長は私に顔を向けた。

「そろそろ戻りましょうか」

目の前の2人の騎士団長の会話に付き合うことは、時間と労力の無駄だと思ったため、私は元気よく返事をする。

「はい！　美味しい物をたくさん食べて眠くなってきたので、ちょうど帰りたいと思っていました」

「……非常に健康的です」

ふふふ、シリル団長に褒められたわよ。

そんな素敵なシリル第一騎士団長は、何度も断ったにもかかわらず、女子寮まで私を送ってくれた。

そのため、寮の前で今日一日の全てについてお礼を言う。

「シリル団長、今日は一日ありがとうございました！　色々なお店を覗けて楽しかったし、ランチは美味しかったたし、寮まで送ってもらったので無事に戻ることができました」

対するシリル団長は笑顔で「どういたしまして」と言った後、「少し重いですが」と付け足しながら、持っていた全ての袋を差し出してきた。

「えっ？」

シリル団長の行動が理解できずに目を丸くして見上げたけれど、団長は笑みを浮かべたまま私の手に少しずつ袋を握らせていく。

「出掛けにあなたが言っていた通りです。本日はデートだったのですから、少しばかりの贈り物をしても許されるでしょう」

「えっ、でも、団長はデートじゃないと、言外に否定していましたよね」

「私が間違っていました。勤務日でもない日にあなたを連れ回したのですから、これはデートです。デズモンドとザカリーに業務であるかのように言われた際、遅まきながら私の間違いに気付いたのです」

そう言って微笑んだ表情が、以前、聖石の代わりにと黄金の像を押し付けてきた時の表情と同じに見えたため、私は用心深い表情を浮かべる。

「ですが、シリル団長はこれらの贈り物を、別の方のために買われたのでしょう？　それを私がもらうわけにはいきません」

「ふふふ、それは無用な心配です。元々、これらの品々はあなたへの贈り物として購入したのですから」

「えっ！」

ということは、どのような理由を付けたとしても、シリル団長はこれらの品物を私に贈るつもりだったのかしら。

「一体どうして……」

「もちろんデート相手へのささやかな贈り物ですよ」

うーん、先ほどデズモンド団長は、『男女で出歩きさえすれば、何でもデートと表現できるってもんじゃねぇぞ！』と言っていたけれど……シリル団長はデートと言いさえすれば、何でも贈れるものだと勘違いしているんじゃないかしら。

じとりとした目で見つめると、シリル団長は無害そうな表情で両手を上げた。

「受け取りにくいのであれば、あなたからいただいた聖石に対する、せめてものお返しと考えてください。前回の像だけではとても足りませんので」

なるほど。シリル団長は私に聖石のお礼をするつもりで、今日1日を過ごしたのだわ。

「ですが、あれは……」

ただでもらった石に、ちょちょっと魔力を込めただけだから、お返しをもらうような物ではないのよね、と言いよどんでいる間に最後の紙袋を押し付けられてしまった。

受け取った袋はなぜだかすごく重い。

あれ、この体積に対して重量が合っていない感じは、聖石かまたは……

「黄金!?」

と驚愕している間に、シリル団長は颯爽と去っていってしまった。

仕方がないので、渡された全ての袋を持って寮の私室に戻る。

すぐさま最後に渡された袋を開けてみると、見覚えがない箱が出てきた。

嫌な予感を覚えながら箱を開けると、以前もらったものと対になるような黄金の竜の像が現れる。

「シリル団長ったらいつの間に!!」

文句を言いながらも、返却するために再びしまおうとしたところで、窓からザビリアが飛び込んできた。

しまった、と思ったけれど、時既に遅し、ザビリアはキラキラとした目で私が手に持つ黄金像を見つめている。

「フィーア、僕の希望通り、黄金の竜の像を買ってきてくれたんだね！」

「え？　あっ！」

そう言われて初めて、出掛ける前に、ザビリアから黄金の竜の像がもう1体ほしいと言われていたことを思い出す。

「いえ、そうではなく、今度こそ返さないと……」

慌てて黄金の像を背中の後ろに隠そうとしたけれど、それよりも素早くザビリアが近付いてくると、さっと私から像を奪い取って、出窓のスペースに持っていってしまった。

「あっ、やられた！」

あまりの早業に目をぱちくりさせても後の祭りだ。

いつの間にか、ザビリアはいつものザビリアスペースに座っており、その体の下からは2体の黄金の像が覗いていたのだから。

「あああ、何てことかしら！　ザビリアから宝物を取り返すなんて至難の業だわ!!」

そう思った私は、さっさと諦めると、シリル団長からもらったたくさんのプレゼントの中からふかふかのブランケットを取り出した。

それから、ばさりとベッドの上に広げると、その下に入り込んで体を丸める。

「ザビリアが快適な巣を作るのならば、私だって！　シリル団長も昼寝をすることを『健康的だ』と褒めてくれたことだしね……」

そう呟いている最中に、私はいつの間にか眠ってしまった。

なぜなら美味しいランチを食べてお腹はいっぱいだったし、ブランケットはふかふかしていて気持ちがよかったからだ。

……ううん、こんなに快適にお昼寝ができるなんて最高だわ。それもこれも、美味しい物が食べられて、お土産にブランケットをもらったお出掛けがあってこそだわ。結局のところ、今日は素晴らしいデートだったわね！

そう考えた私は、夢の中でにまにまと笑っていたのだった。

フィーア、ザビリアと城内を堂々と散策する

私は寮の私室でベッドに突っ伏すと、心から反省していた。

「ああ、私は何て不甲斐なかったのかしら！　せっかくザビリアが生まれ育った山を捨てて私のもとに来てくれたのだから、堂々とザビリアとともに過ごすべきだったのに、完全に日和(ひよ)っていたわ!!」

クッションをぽすぽすと叩きながら後悔していると、頭上からザビリアの冷静な声が降ってくる。

「フィーア、突然、どうしたの？　間違いなく誰かに何かを言われたか、流行りの本を読んだかで、影響を受けているよね」

私はがばりと顔を上げると、勢い込んで返事をした。

「えっ、それは確かにデズモンド団長から『いついかなる時でも、一緒に過ごすのが真の友人ってもんだ！』と言われたけど」

「ああ、あの粛清が必要な騎士だね。たまには悪くないことを言うじゃないか」

「そして、最近読んだ本に『後悔することがないように、やりたいことは今すぐ全てやるべきです！』と書いてあったけど」

「フィーアは既に、何だってやりたいことをやっているよね。これ以上自由に行動すると、周りが大変なことになるんじゃないかな」

「だから、私は堂々とザビリアと一緒に過ごそうと思ったのよ！　だって、ザビリアは私と一緒にいるために、生地を離れて来てくれたんだもの！　そんなザビリアに対して、私の覚悟が足りてなかったわ!!」

　私は一気に言い切ると、両手でこぶしを作ってぎゅっと握り込む。

「それに、今思えば私は心配し過ぎていたと思うの。だって、霊峰黒嶽から戻ってきて以降、ザビリアはブルーダブに変装することなく自由に王城内を飛び回っていたけど、誰にも何にも言われなかったでしょ？　騎士たちは私が思っていた以上に無頓着で大雑把なのよ。だから、今さらザビリアを見て『黒竜だ！』と気付くことはないんじゃないかしら」

　ここ最近、ずっと頭の中で考えていたことを口にすると、ザビリアは何とも言えない表情で首を傾げた。

「フィーアらしい大胆な結論だね。王国騎士は高給取りのエリートなんでしょ？　まさか全員で翼付きの黒い生物を見逃すはずはないから、フィーアの楽観的な結論が間違っているとしか思えないな。だけど、いいんじゃない。僕だってあんな卑小な魔物には二度と擬態したくないし、僕に何か言える者なんていないだろうし、いたとしても言えなくするだけだからね」

「まあまあ、黒竜様。どさくさに紛れて恐ろしいお言葉が飛び出していますわ。世界を震え上がらせるなんてつまらないことはせずに、私とお城を散策しましょう。そして、騎士がすごく大雑把で、ザビリアが最強の黒竜だと気付いていないことを確認しましょうよ」

私はにこやかにザビリアを抱き上げると、肩の上に乗せてすたすたと歩き出す。

そうよ、そもそも騎士に繊細さを求めることが間違いだったのだわ。

猫と兎の見分けもつかないような騎士たちに、ザビリアと鳥の見分けがつくはずがないものね。

よーし、この確認が終わった暁には、ザビリアは一切の不自由なく私とともにいられるのだと教えてあげよう。

「そういうことを本気で言うから、フィーアはすごいよね。分かった、今日は1日フィーアの肩で過ごすよ。そして、フィーアの言葉が正しいかどうかを確認してみよう」

ザビリアは面白そうな表情を浮かべると、ぱしりと尻尾を私の肩に打ち付けた。

◇　◇　◇

私はさっそく寮の私室から建物の外に出ると、ザビリアとともに王城の庭の散策を始めることにした。

「これまでザビリアが単体で行動する時は、自由に姿を晒していたのよね。でも、私と一緒にいる時は、騎士服の中に入ってもらっていたから、黒竜姿のザビリアを堂々と肩に乗せて王城内を歩くのは初めてね。うわー、ドキドキしてきたわ。誰もザビリアの正体には気付かないと思うけど、万が一気付かれた場合はどうしたものかしら？　飛んで逃げてもらうか、とぼけ続けるべきか、どっちがいいのかしらね」

うーん、と考えていると、反対方向からデズモンド団長が歩いてきた。

何ていいタイミングかしらと思ったものの、デズモンド団長は遠くから見ても分かるほど酷い顔色をしていたため、思わず立ち止まる。

もしかして昨日は徹夜だったのかしら、疲れているようならば声を掛けない方がいいわね、と考えていると、デズモンド団長は私に気付いた様子で片手を上げた。

「よう、フィーアじゃないか！　聞いたぞ、お前は道化師の皮を被った権力者集団に弟子入りしたらしいな。その話を聞いた時、ほんっとオレみたいな常識人には、これっぽっちもお前の行動を予想できないのだと実感したわ！　どうやったらそんな奇天烈な事象が発生するんだ？」

前言撤回だわ。矢継ぎ早に私を馬鹿にする言葉をべらべらと口にするデズモンド団長はものすごく元気だ。

ああー、徹夜明けでこんなに元気だとしたら、十分睡眠を取ったデズモンド団長には会いたくないわね。

そんな私のうんざりした気持ちが伝わったのか、デズモンド団長は突然、はっとした様子で口を閉じた。

それから、大きく目を見開くと、ある一点を凝視してきた――――私の右肩を。

そのまま瞬きもしないで私の右肩を見続けていると思ったら、どんどん顔色が悪くなってきて、汗がしたたり落ち始める。

一体どうしたのかしらと思いながらも、ザビリアに注目しているのならば紹介するのにちょうどいいわね、と私は口を開いた。

「さすがですね、デズモンド団長！　私の可愛らしいお友達に気付きましたか。デズモンド団長のアドバイスに従って、いついかなる時でも一緒に過ごすことにしたんですよ。ああ、けれど、この子はただのお友達ではありません。じゃじゃーん、こちらにおわすお方は何と」

「フィーア！　オレはこの2日間、全く寝ていない!!」

正にいまからいいところに差し掛かろうとした私の話を、突然、デズモンド団長が大声で遮る。

そのため、私は戸惑ってぱちぱちと瞬きをした。

「はい、何ですって？」

団長の発言内容から判断するに、最初に予想した通り、デズモンド団長は昨晩眠っていないようだ。

というか、実際には予想より酷かったようで、2日もの間、眠っていないらしい。

それはとても大変なことだけれど、デズモンド団長にとって徹夜はよくあることで、不規則な生活に慣れていると思っていた。

けれど、わざわざ会話を遮り、大声で宣言したということは、私が想像していた以上に徹夜は大変な出来事のようだ。

お疲れなのねと神妙な顔になった私に向かって、デズモンド団長は必死な様子で力説してきた。

「睡眠不足は様々な症状を引き起こす！　頭痛、めまい、吐き気、震え、それから、オレくらいのレベルになると幻覚と幻聴だな！」

「まあ、デズモンド団長は睡眠不足の達人なんですか？」

「オレくらいのレベル」がどのあたりなのか、正確には分からないけれど、デズモンド団長のようにしょっちゅう超過勤務で睡眠時間を削る生活を送っていれば、ものすごいレベルに達していそうだ。

「そうだ！　そして、お前の目にはいつも通りの元気潑剌とした、優秀で有能な騎士団長が映っているのだろうが、実際のオレはほとんど眠っている!!」

「はい、何ですって？」

突然、団長の発言内容を理解できなくなったため、私は大きく首を傾げた。

そんな私に向かって、デズモンド団長はとうとうと言葉を続ける。

「オレは睡眠不足による様々な症状から逃れるため、実際には眠っているのに、一見起きているように見せかける高等テクニックを身に付けたんだ！　だから、今のオレはほとんど眠っていると言っても過言ではない。そして、眠っている時の癖で、思っていることと逆のことを口にしてしまったんだ！」

「えっ、そんな迷惑な癖を持っているんですか？」

「そうだ！　だから、皮肉屋で口が悪いのは眠っているオレで、実際のオレは非常に紳士的で、心根が美しく、他人の悪口を決して言わないんだ!!」

「ええと？」

デズモンド団長は一体何を言っているのかしら。

そんな善人の手本のようなデズモンド団長に、これまで一度もお目にかかったことがないんだけど。

先ほど、デズモンド団長ほどの寝不足の達人になると、幻覚と幻聴の症状が表れると言っていたから、とうとう見えない物を見て、世迷い事を口にし始めたのかしら。

うーん、デズモンド団長は見た感じ大雑把そうだし、勘が悪いから、私の肩に乗るほど小さなお友達の正体が黒竜だと気付くことはないはずだ。

そう思ったから、ザビリアを紹介するつもりだったのに、今の状態の団長と関わると面倒なことになりそうなので、速やかにお暇（いとま）した方がよさそうだ。

そう考えて別れの挨拶をしようと口を開いたところ、声を出すより早くデズモンド団長から高らかに宣言される。

「だから、先ほどのオレの発言の真意は、『間抜けの皮を被った道化師たちの正体が権力者集団だと気付くとは、フィーアの洞察力は非常に素晴らしい！　しかも、彼らに認められてその一員になるとは、オレのような凡人には理解できない高みにフィーアはいるのだと、心から感服した‼』と、そう言いたかったんだ」

「それはまた、先ほどの発言とは全く異なりますね！」

これほど心の中の考えと発した言葉が異なるのならば、大きな問題だわ。

デズモンド団長は困った癖を持っているわねと考えていると、団長はさらなる驚くべき言葉を続けた。

「さらに、起きていながら眠っている状態が長時間続いたため、とうとうオレの心眼が開いた！　そんなオレの目には今、お前の肩に『大災厄』クラスの魔物が乗っているように見える‼」

「何ですって⁉」

ザビリアは黒竜だから、『大災厄』クラスの魔物であることに間違いはないけど、どうして団長にそのことが分かったのかしら。

心眼というのはそんなにすごい代物なのだろうか。

「まっ、まさか、鈍くて勘の悪いデズモンド団長は見せかけの姿で、眠っていると真の能力が発揮されるタイプなんですか⁉」

酔っぱらって覚えていないけれど、以前、サザランドから戻ってきた際、騎士団長たちにお土産として好きな聖石を選んでもらったことがあった。

その際、他の全員が大当たりを引いたらしいのだけど、デズモンド団長だけは普通の聖石を引いたのだ。

だから、勘が悪いタイプだと思い込んでいたけど、眠っている時は鋭くなるという物珍しいタイプなのかしら、と首を傾げながら尋ねると、デズモンド団長は心外だとばかりに大声を上げた。

「いや、待て、フィーア！　そもそもオレは、鈍くも勘が悪くもないからな！　だが、そのことはいい。今大事なのは、お前の肩にいるのが『大災厄』クラスの魔物だと、オレが理解していることだ!!　そして、心から尊敬の念を……」

両手を組み合わせ、何事か言葉を続けるデズモンド団長に、私は確認するための言葉を掛けた。

「そうなんですね。じゃあ、寝不足の状態が解消されて、はっきりと起きている時も当然、この子が『大災厄』だと認識できるということですね」

そうだとしたら、デズモンド団長の前ではザビリアを連れて歩けないわね。

そう残念に思っていると、デズモンド団長はぴたりと動作を停止させ、どぎまぎした様子で返事をした。

「えっ!?　いや、それはどうだろう。ほ、ほら、先ほど言ったように、眠っている状態が長時間続いたため、心眼が開いただけだから。起きている時は、黒っぽい最高にイケてる存在にしか見えないから、オレは無害だ！　それに、今しゃべっている言葉は寝言のようなものだから、一切合切全てを忘れてしまうから」

「ええっ、せっかく団長と会話を交わしたのに、全て忘れてしまうんですね」

がっかりしながらそう言うと、デズモンド団長は嫌そうに顔をしかめた。

「酔っぱらったら何だって忘れてしまうお前にだけは言われたくないわ！　い、いや、違う。またもオレの悪い癖が出たが、オレが言いたかったことはこれではない。つまり、フィーアの発言はいつだって的確だと言いたかったんだ。ははあ、さすがでございます!!」

デズモンド団長は慌てた様子で自分の発言を訂正すると、真顔になってザビリアを見つめた。

「要約すると、オレはこの国の守護聖獣である黒竜様を心から尊敬申し上げているということです！　この国の平和が保たれているのは、ひとえに黒竜様が高い北の山から……あるいは王都の重厚な城から睨みを利かしてくださるおかげだと理解しております!!」

まあ、デズモンド団長は勘が悪いと思っていたけど、やっぱり私の勘違いだったのかしら。

偶然だけど、ザビリアの前で黒竜を褒めたわよ。

あまりに的確な発言をするので、もしかしたらデズモンド団長はザビリアの正体に気付いているんじゃないかしら、と疑ったけれど、そうだとしたら団長は得意気に知り得た情報を披露するはずだ。

逆に、知らない振りをするメリットはないので、ここまで的確な発言をしているにもかかわらず全ては偶然なのねとびっくりする。

目を丸くして見つめているとデズモンド団長は数歩後ろに下がった後、ザビリアに向かって頭を下げた。

「黒竜様が我が国の守護聖獣でいてくださるとは、誠にありがたいことでございます!!　この感謝の言葉を言いたいがために、オレの心眼は開いたのです!!」

ザビリアの正体が分かっていないのに、黒竜を褒めるのだから、デズモンド団長は本気で黒竜のことを尊敬しているのだろう。

そう嬉しくなった私は、笑顔でザビリアを見つめる。

「ですってよ、ザビリア。どうやらデズモンド団長は黒竜の理解者みたいだから、『粛清リスト』の第一位にするのは止めた方がいいんじゃないかしら?」

そうザビリアに尋ねた瞬間、デズモンド団長は「ひいっ」と奇声を発しながら、どさりと尻餅をついた。

「デズモンド団長!?」

驚いて振り返ると、青ざめた顔のデズモンド団長が、動揺した様子でこちらを見上げていた。

「い、今、ものすごく不穏な単語が聞こえたが、『粛清リスト』って何だ?　いや、答えなくていい!　ちょっとばかしの好奇心で命を落とすなんて御免だ!　フィーア、オレには老いた父と母がいるんだ!　両親よりも早く天の国に昇る不幸を、オレに背負わせないでくれ!!」

そう言うと、デズモンド団長はガタガタと震え出した。

うだ。
　どうやら先ほど自分で言っていた、めまいや震えといった睡眠不足の症状が、体に表れ始めたよ
　救護室に連れていくべきかしらと考えていると、デズモンド団長は両手を突き出して大声を上げた。

「頼む、オレのことを少しでも哀れに思うなら、このまま放置しておいてくれ!!　オレは地面の上でリラックスするタイプだから、このまま土の上に寝そべっていれば、いずれ回復する!!」

「……そうなんですね」

　本人がそう言うのならば、そうなのだろう。

　世の中には色んな体質の人がいるのね、と思いながら、私はデズモンド団長と別れたのだった。

◇　◇　◇

「ザビリア、デズモンド団長はそう悪い人でもなかったでしょう？　睡眠不足のせいでちょっと発言内容が支離滅裂だったけど、立派に騎士団長を務めているし、普段はああじゃないのよ」

　ザビリアが黒竜であることを見破られないかどうかの確認をしていたはずなのに、いつの間にかデズモンド団長に付き合ってしまったわ、と思いながらとりなす言葉をザビリアに掛ける。

　すると、ザビリアは鼻の頭に皺を寄せた。

「そうかな、僕が見ている限り、デズモンドはいつだってあんな感じだと思うけど。それに、彼は心得違いをしているよね。僕が彼を粛清しようと考えているのは、彼が僕に対して無礼だからでなく、フィーアに対して無礼だからだよ」

「うーん、でも、今日はどういうわけか褒められたわよ。そして、ザビリアが黒竜だって気付いていないのに、目の前で黒竜のことを褒めていたわよ。だから、案外、ザビリアの理解者になってくれるんじゃないかしら」

　私の言葉を聞いたザビリアは、ちらりと横目で見てきた。

「フィーアはすごいね。あれだけのことを目の当たりにして、まだそんなことを言っているんだ。基本的に人は誰しも、何かを考える時には自分を基準にするから仕方がないのかな。ふふ、だとしたら、騎士たちが無頓着で大雑把だから僕に気付かないと、フィーアが考える理由が分かった気がするよ」

「……ん？　どういうことかしら？」

　私が無頓着で大雑把だと言われたように解釈できるけど、そんなはずないわよね。

……と、そんな感じで話をしながらお庭の散策を続けたけれど、なぜだかそれ以降、騎士たちと全く会わなかった。

　うーん、これでは検証にならないわね、と考えながら歩き続けていると、ものすごく懐かしい顔が道の向こうに見えた。

父であるドルフ・ルードだ。

わあ、もしかしたら騎士団の入団式以来じゃないかしら。

随分会っていないけれど、それは父さんが我が国最西端の国境警備を担う、第十四騎士団の副団長をしているからなのよね。そのはずなのに、どうしてこんなところにいるのかしら。

不思議に思って首を傾げていると、私が気付くのと同時に私に気付いた様子の父さんが、足早に近付いてきた。

「フィーアじゃないか！　第一騎士団に配属されてから一度も会えていなかったが、元気だったか？」

あら、心配してくれたのかしら。

「ええ、訓練期間も終わったし、本格的に王族の方々の警護に就き始めたところよ」

片手を口元に当て、楚々として無難な答えを返すと、父さんは訝し気に眉を寄せた。

「そうなのか？　お前は知らないだろうが、第一騎士団はとんでもないエリート集団なんだぞ！　剣の腕前は一流だし、周りの状況把握にも優れている。そんなすごいところで、皆に付いていけているのか？」

そう言えば、第一騎士団ってエリート集団だったわね。

ということは、あの団で問題なくやれている私は、大したものじゃないかしら。

そう思い至った途端、私もなかなか頑張っている気になって、自分を誇るように顎を上げた。

「もちろん皆に付いていくことに問題はないわ！　ふふふん、何たって私は入団式でサヴィス総長を相手に無効試合に持ち込んだほどの腕前だしね!!」

「あれはお前の剣が国宝クラスだっただけだろ！」

むっ、父さんったら、案外記憶力がいいわね。

「それに、私は騎士家に生まれた者として、常日頃から周囲の状況把握を怠らない癖が付いているからね。王族警護業務はお茶の子さいさいよ！」

「そうか？　お前は何度か、押し売り訪問員を家に招き入れていたことがあったじゃないか。周囲の状況把握ができていたとはとても思えないんだが」

再び反論してきた父さんを見て、顔をしかめる。

父さんったら、普段は記憶力がいいとは言えないのに、覚えていなくていいことは覚えているわよね。

そんな渋い表情の私に気付かないようで、父さんはきょろきょろと辺りを見回した後、「それよりも」と声を潜めてきた。

「実は今日、オレが王城に来たのは、我が団の団長から情報収集の役目を頼まれたからなんだ。国の最西端にいると噂話すらろくに入ってこないから、自らの目で真実を確認すべきだという話になってな。実に驚くべきことに、サザランドで大聖女の生まれ変わりだと認識された者がいるらしいんだが、それが騎士だと聞いた。聖女様だというのなら分かるが、そんなことがあるものか？」

「うぐっ！」

父さんったら、知られたくない情報を仕入れてしまったようね。

でも、この様子じゃあ肝心なことは何も知らないようだから、下手なことは言わないでおこう、と曖昧な答えを返す。

「あー、あるのかもしれないわね」

「何だと、お前はその騎士に会ったことがあるのか？　どこの団の騎士だ？」

けれど、父さんは急に真剣な表情になって、矢継ぎ早に質問してきたため、私はへらりと微笑むと嘘にならない範囲で返事をした。

「ええと、同じ第一騎士団だったかしら。会ったことがあるかと言えば、あるような気がするわね。まあ、何と言うか、彼女は気品に溢れていて、慈愛に満ちていて、サザランドの人々が一目見て『大聖女だ』と勘違いしたのも分かるようなオーラの持ち主ね」

けれど、会話の最後の方では興が乗ってしまい、ぺらぺらと自分自身を褒め上げてしまう。

やり過ぎたかしらと思ったけれど、父さんは感心したような唸り声を上げただけだった。

「ふー、そんなにすごいのか！　一度、会ってみたいものだな!!」

目の前にいるわよ。

「どうかしらね。神聖不可侵なるご存在の生まれ変わりと言われるくらいだから、おいそれとは会えないんじゃないかしら」

適当なことを言って誤魔化すと、父さんは「うーん、事実だったか。そして、第一騎士団の騎士なのか」と考え込んでいた。

しばらくすると、父さんは再び顔を上げて腕を組んだ。

「実はもう1つあるんだ。最近、王城の一角が封鎖されたと聞いた。しかも、そこは薔薇園らしい。ただの花園に、騎士たちが24時間体制で見張らなければならないような重要なものがあるのかと、初めは訝しく思っていたが……」

そこまで言うと、父さんは頬を染めて言葉を途切れさせた。

うーん、取り扱いがどうなっているのか分からないけど、魔人のこととか、国王が道化師に扮していることとか、もっと気にしなければいけないことがあるんじゃないかしら。

それなのに、薔薇園についての質問が出てくるって……そんな情報収集能力で大丈夫なのかしら。と、心配になったけれど、次の言葉を聞いた私は、驚愕のあまり大声を出した。

「……いいか、これはここだけの話だからな。ごほっ、実は重要なのはその場所自体らしくて、薔薇園は秘密の逢引き場として使用されているらしいんだ。そして、何と……その薔薇園で、サヴィス総長が女性騎士と逢引きをしていたらしい!!」

「何ですって!!」

私の夢は、騎士団内の誰も知らない秘密のカップルを一番に見つけることだ。

それなのに、こんなに身近な上司の恋愛事情を見抜けなかったですって!?

「しーっ、しーっ、声が大きい！」

口元に人差し指を当てて、静かにするよう注意してきた父さんを見て、素直に謝罪する。

「あっ、ご、ごめんなさい。それでお相手はどなたなの？」

「それをお前に聞こうとしていたんだ。何でも相手の女性騎士は背が低くて、赤い髪をしているらしいのだが……」

「あー」

それは私じゃないかしら。

そう言えば、『大聖女の薔薇』をチェックしに行った時、薔薇園でサヴィス総長と一緒になったことがあったわね。

まあ、たったそれだけで誤解されるなんて、サヴィス総長の恋愛事情はものすごく寂しいものなのかしら。いえ、これは上司に対して不敬な考えね。よし、今の考えはなかったことにしよう。

そして、父さんにはそれとなく真実を伝えてみよう。

「背が低くて赤い髪と言えば、私にも当てはまるわね。ううん、そう言えば、サヴィス総長と一緒に薔薇園で話したことがあったかしら？　その時のことを、誤解されたのかもしれないわね」

「いや、恐れ多くもサヴィス総長とお前がご一緒する機会なんてないだろう！　それに、たとえそんな奇跡が起こったとしても、誰も誤解なんてしない！　総長とお前が一緒にいるのを見た者は、お前が説教されていると思うだけだ」

むう、父さんはなぜ自分の発言に自信満々なのかしら。

実際に総長と私がいるところを見て、誤解した人がいたからこそ、噂になったはずなのに。

むっとしていると、父さんはふと思い出したように質問してきた。

「ところで、フィーア、お前は成人していたよな。誰か好きなやつはいないのか？　騎士相手だったら、オレも少しは顔が利くから、話を持っていけるかもしれないぞ。本命はいないのか？」

またもや「本命」が出てきたわね。

これは『最強の騎士は誰か？』という騎士独特の言い回しなのよね。

以前、クラリッサ団長も同じ質問をしてきたし、騎士の中ではこの質問が流行っているのかしら、と考えながら前回と同じ答えを口にする。

「本命はサヴィス総長よ！」

「ごふっ！　そ、それは!!　……いや、気持ちは分かるし、男だって惚れる相手だが、それは……。あっ、だとしたら、先ほどオレがした薔薇園の話は、聞いていて辛かっただろう？　悪かった、お前にする話じゃなかったな！　忘れてくれ!!」

よく分からないけれど、父さんに気を遣われてしまった。

急におたおたとし出した父さんは、視線をあちこちにさまよわせていたけれど、その時に初めて私の肩に止まるザビリアに気付いたようだ。

「ひいっ！　そ、それは『黒っぽい竜っぽい何か』じゃないか!!」

父さんはものすごい勢いで後ろに飛び退ると、とんでもないものを見てしまったとばかりに目を見開いた。

それから、先ほどのデズモンド団長と同じように尻餅をつく。

「ひいいいい！　おま、お前はまだそんな恐ろしいものと付き合っていたのか!!　い、いいか？　そんなすごい存在は隠し通すんだ！　お前がすごい存在を手懐けているとバレたら、オレは父親として優遇され、騎士団長に抜擢されるかもしれない！　だが、オレはそんな不正は絶対にごめんだからな!!」

そう言うと、父さんは慌てた様子で走り去っていった。

「うーん、父さんはザビリアの正体に気付いているみたいね。意外だわ」

小さくなっていく父さんの後ろ姿を見つめながらぽつりと零したけれど、ふと思い出したことがあって動きを止める。

そうだわ。前世の記憶が戻ったどさくさに紛れて忘れていたけど、父さんや兄さん、姉さんたちの前で、私は『黒竜と契約した』とはっきり言い切ったんだったわ。

だからこそ、姉さんはガザード辺境伯領で会った際、黒竜が私のお友達だって受け入れてくれたのよね。

じゃあ、他の家族も皆、私の従魔が黒竜だって知っているのかしら。

しゃべったことをすっかり忘れていて、口止めもしていなかったけれど、話が広まっていないということは、全員が黙っていてくれたのよね。

姉さんは優しさから黙っていてくれて、兄さんたちは私に興味がないから話題にもしなかった、ということろかしら。

「そして、父さんはコネ昇進するのが嫌だったから黙っていたのね。うーん、でも、私が黒竜を使役していることがバレた場合、父さんが騎士団長に昇進するなんてことがあるものかしら？　その際には、私も騎士団長になるのかしら？」

そして、シリル団長が部下になる？　ひー、それは恐怖だわ！

『この程度の仕事ぶりで、私の上司のつもりですか？』と、毎日責められる未来が見えるもの。

「バレないし、騎士団長にもならないと思うけど、最悪のケースを考えて、ザビリアのことはもう少し慎重になった方がいいかもしれないわね！」

「ふふ、フィーア、考えが元に戻ってきているよ」

「えっ、そう言われればそうね」

不思議だわ、と考えながらさらに城内庭園を歩き続けていると、道化師の格好をしたセルリアンが、大聖女の薔薇を覗き込んでいる姿が目に入った。

両隣にはロンとドリーがいて、離れた場所では騎士たちが薔薇園一帯を警備している。

あら、３人でコレットに捧げる薔薇を物色しているのかしら、と近寄っていこうとすると、ザビリアが何かに気を取られた様子を見せた。

ザビリアの視線を辿ると、噴水の水がキラキラと輝いている。

「竜は光り物が好きだと言うけれど、噴水の水もその対象に入るのね」

私は噴水に近付くと、その近くにザビリアを下ろした。

「少しだけ話をしてくるから、その間、ここで待っていてちょうだい」

それから、道化師たちに近付いていったのだけれど、３人は私に気付かない様子で熱心に薔薇を見つめていた。

「よくよく見ると、少しずつ花びらの色が異なるんだな。うーん、僕のイメージでは『目覚め』は差し始めの陽の光だ。だから、オレンジ混じりの赤い花びらを使用すれば、コレットは目覚めるんじゃないかな？」

考える様子でセルリアンがそう口にすると、ドリーが馬鹿にしたような声を上げた。

「神聖不可侵なる大聖女様の特別な薔薇なのよ！　そんなに単純なものじゃないでしょう。んー、そうね、あたしはこの一番大きな花が特別な力を持っている気がするわね」

そんな２人に対して、ロンが一喝する。

「お前たちは自分の好みの花を選んでいるだけじゃないか！　そもそもの目的を思い出せ!!」

なるほど。この3人の中で、一番の常識人で苦労人なのはロンのようね。

というか、まだ魔力を注いでいる最中だから、眠りの状態異常を解除する薔薇はできていないのよね。

などと考えていると、私に気付いた様子のドリーが嬉しそうな声を上げた。

「あら、フィーアじゃないの！　あんたも薔薇を見に来たの？」

「こんにちは、ドリー。お友達と城内を歩いていて、たまたま通りかかったところよ」

当たり障りのない返事をすると、どういうわけかドリーがじとりとした目で見つめてきた。

「ふーん、あんたの友達ってどんなのよ？　このあたしが何度も何度も、友達になりたいアピールをしたっていうのに、ことごとく拒絶してくれたわよね！　そのあんたに選ばれた友達ってのは、一体どれほどの者なのかしら」

ザビリアがどれほどの者かですって？

「そうね、私のお友達は優しくて、賢くて、可愛らしいわ！」

正直に思ったことを答えると、ドリーは嫌そうに顔をしかめた。

「まあ、目の前で惚気(のろけ)られたわよ！　このあたしを前に、よくもそんなセリフが言えたわね！『優しくて、賢くて、可愛らしい』と言ったら、正にあたしのことじゃないの!!」

「ドリー、さすがにそれは自己愛が過ぎるだろう。フィーアの友達がすごくいい奴だってんなら、それでいいじゃないか」

すかさずロンがなだめてきたけれど、そこにセルリアンが気取った様子で口を挟んでくる。

「部外者は黙っていてくれないか。ロンとは違って、僕とドリーはフィーアの友達になったんだからね。彼女の友達の中で誰が一番優れているのかと、比較したくなるのは仕方がないことだ。言うまでもないことだが、溢れ出る気品を持った僕が、ぶっちぎりで一番なのは間違いないが」

「まあ、お子様が好き勝手に言うじゃないの！　もちろん、美貌と才覚に溢れたあたしが一番に決まっているわ!!」

ドリーが言い返したことで、よく分からない言い合いが始まったわ、と困った気持ちになっていると、空からばさりと黒い物体が下りてきて私の肩に留まった。

肩の上で優雅に黒い翼を広げる存在にちらりと視線を走らせると、それは予想通りザビリアだった。

どうやら噴水の水を見つめることに飽きて、戻ってきたようだ。

「「「へあっ!?」」」

けれど、どういうわけか、セルリアン、ロン、ドリーの3人は、ザビリアを見ると驚愕した様子で目を丸くする。

あら、もしかしたら私のお友達を間近に見たことで、ザビリアがぶっちぎりで優しくて、賢くて、可愛らしいことに気付いたのかしら。

誇らしい気持ちになった私の目の前で、ドリーがぶるぶると震える唇を開いた。

「そっ、そのお方は……!!」

その様子を見て、この3人はザビリアに興味津々なのねと気付き、さっと両手でザビリアを指し示す。

「じゃじゃーん、私のお友達です！　どうかしら、この子の優しさと、賢さと、可愛らしさに勝てる者はいるかしら？」

にこやかに尋ねると、ドリーが間髪をいれずに答えた。

「あっ、あたしには無理だわ！　参りました!!」

まあ、即答ね。そんなに一目見て分かるほどに、ザビリアは全てにおいて優れているのかしら。

「僕にも無理だ！　とても勝てそうにない!!」

続けて、セルリアンも驚くほどの早さで負けを認める。

最後に残ったロンが、びっくりした様子で交互に2人を見つめた。

「なっ、お前ら汚いぞ！　何だその変わり身の早さは！　あの、ぼくは最初っから勝負していませんから」

3人の言葉を聞いた私は、嬉しくなってザビリアを見つめる。

「ザビリアの圧勝ね！」

そんな私の宣言を聞いて、道化師の3人はこくこくこくと何度も頷いたのだった。

３人と別れた私は、ザビリアを肩に乗せたまま、寮に戻るため踵を返した。

結構な時間を歩いたけれど、結局、知り合いには３組しか会わなかったわと思いながら。

「ザビリア、父さんは例外としても、デズモンド団長と道化師の３人組はあなたが黒竜だと気付いていなかったわね。あれだけ間近で見ても分からないんだから、やっぱり誰もザビリアと黒竜を結び付けないんじゃないかしら。これなら、堂々と一緒に過ごしても大丈夫そうね」

「なるほど、彼らの対応を間近で見て、そういう結論に達するんだ。だったら、誰かが僕の正体に気付いたと、フィーアが認識することは決してないだろうね。そもそも検証なんて必要なかったんだよ。フィーアが『これでいこう』と決断すれば、それが決定だし」

「ええっ、そんなことを言うなんて、一番大雑把なのは騎士ではなく、ザビリアじゃないかしら！」

そう返しながらも、私はふといいことを思い付く。

「そうだわ！　以前、ザビリアがギディオン副団長の前で、ちょっとばかり人の言葉をしゃべったことがあったわよね。けれど、副団長は驚いただけで、ザビリアの正体に気付かなかったわ。だから、人の言葉をしゃべることだっていけるんじゃないかしら。疑われたら、ギディオン副団長に答えたように、『鳴管（めいかん）を痛めたので、鳴き声がくずれるんです』と言えばいいのよ」

「うーん、間違いなく一番大雑把なのはフィーアだね」

「えええっ！」

そんなはずないのに、と思いながらザビリアを見つめると、私の可愛らしいお友達は嬉しそうな表情を浮かべた。

「何にせよ、『今後はフィーアといつだって一緒にいる』との結論が出たのならば嬉しいな。これからは、フィーアに無礼を働く者がいたら、僕がその場で手を下せるってことだからね」

「へえっ？　そ、そんな発想なの!?　ま、待ってちょうだい！　お気持ちはありがたいけど、私は立派な騎士だから、まずは私に対処させてほしいわ」

「そう？」

不満そうなザビリアに、私は大袈裟なくらいの笑顔を見せる。

「ザビリアは私の切り札だからね！　とっておきはできるだけとっておくものよ！　ええと、つまり、私がザビリアをそれだけ大事にしていると思ってちょうだい」

「……分かった」

私の説明がよかったのか、ザビリアはまんざらでもない表情を浮かべると、私の肩の上でばさりと翼を広げた。

「つまり、フィーアの後ろにはこの僕がいるって皆に知らしめるということだね。うん、悪くないな」

その言葉を聞いて、私の希望と何かがズレているような気がしたけれど、ザビリアは満足そうだったため、まあいいかと聞き流すことにする。

「うふふ、とりあえず食堂に夕食を食べに行くから、一緒に行きましょう」

気を逸らすためにそう提案すると、ザビリアは機嫌のいい様子でのってきた。

「いいね、一緒に行こうか」

そのため、私は楽しい気持ちでザビリアとともに食堂に向かったのだった。

好きな時にお友達と一緒にいられるのはいいことね、と考えながら。

――この後、食堂で一騒動が起こったかどうかは……神のみぞ知る。

【ＳＩＤＥシャーロット】聖女としての一歩

「シャーロット、すごいわ！　緑の泉が回復薬の機能を保っているなんて、よく頑張ったわね」

フィーアが騎士の仕事でサザランドに行っている間、私は毎日お城の東側にある緑の回復薬の泉を訪れては魔力を流し続けた。

その甲斐あってか、戻ってきたフィーアから頑張りを認めてもらえ、照れくさくなるほど褒められた。

頬が赤くなっているんじゃないかしらと思いながらも、嬉しい気持ちのままお礼を言う。

「ありがとう、フィーア」

でも……

「この泉はぎりぎりのところで回復機能を保っているだけだわ。……フィーアはすごいのね。これまでたくさんの回復魔法を流してくれていて、だからこそ、この泉はあれだけ高い効能を保っていられたんだわ。でも、私の魔力じゃ全然足りなかったみたいで、フィーアがいない1か月の間に、緑の回復薬はすごく薄まってしまったわ」

毎日、頑張ったんだけどな、と思う気持ちからしょんぼりとうつむくと、私を元気付けるかのように、フィーアが普段よりも明るい声を出した。

「まあ、シャーロットは大したものよ！　ここまでできる聖女はほとんどいないわよ」

フィーアはものすごく優秀な聖女だ。そのうえ、優しい。

同じことをやってみて初めて気付いたけれど、フィーアはこれまでとんでもない量の魔力を泉に注いでくれていたのだ。

毎日毎日、空っぽになるまで魔力を流したけれど、日一日と泉の回復薬が薄まっていったことで、その事実を思い知らされる。

そんな桁違いの魔力を持っているフィーアは決して威張らないし、同じことができない私を馬鹿にしたりもしない。

それどころか、今のように私のことを褒めてくれる。

そんなフィーアがいてくれるからこそ、私も頑張ろうと心から思え、新たな力が湧いてくるのだ。

「フィーアに会えて、私は幸せだわ」

心からの気持ちを言葉にすると、笑顔のフィーアに抱きしめられる。

「私もシャーロットに会えて幸せよ！」

私が大好きなフィーアは、そうやって今日も私を笑顔にしてくれるのだ。

◇　◇　◇

「シャーロット聖女、少々ご相談があるのですが」

従魔舎で魔物たちの様子を見ていたところ、第四魔物騎士団の騎士に声を掛けられた。

パティ・コナハンという物腰柔らかな女性騎士だ。

「実はこちらにいる鹿型の従魔の耳が不自由になりまして、1週間後に保養施設に移すことになりました」

「保養施設？」

聞いたことがない施設名だったため、何のことかしらと尋ね返す。

すると、パティはにこやかな表情を浮かべて、丁寧に説明してくれた。

「怪我をしたり、体に不調が表れたりして、戦闘に参加できなくなった従魔が移される施設です。施設の場所は王都から離れていますが、山の中にありますので、引退した従魔たちはゆったりと過ごしているんですよ」

「そんな場所があるのね。魔物たちがのびのびと過ごせるのならば素敵なことだわ」

思わず顔をほころばせたけれど、パティは困ったような表情を浮かべる。

「そうですね。ですが、従魔たちにとっては、長年ともに戦った主と別れ、慣れ親しんだ場所を離れるわけですから、多大なストレスがかかるようです。不思議なことに、どの従魔も騎士たちの態度を見て、事前に別れを感じ取るようで、ピリピリし始めるんです」

「まあ、そうなのね」

従魔たちは勘が鋭そうだから、騎士たちの表情や態度から色々なものを読み取るのかもしれない。

「別れを感じ取った従魔たちは、些細なことで苛立つようになり、気を張り詰め過ぎた結果、移動日近くになると疲れ果ててしまいます。そのため、非常に高価なものであることは承知していますが、色付きの回復薬を分けていただけないかと思いまして」

「緑の回復薬がほしいの？」

色付きの回復薬とは緑の回復薬のことかしら、と確認のために問い返すと、その通りだと肯定された。

「ええ、そうです。ここでは従魔と主がともに最後の夜を過ごすのですが、従魔はストレスで疲労しているため、苛立ったり、すぐに眠ったりしてしまうんです。そして、従魔たちはそんな態度を取ったことを後悔しているようだと、いつだって保養施設から事後報告が入るんです。ですから、最後の夜に従魔に緑の回復薬を飲ませれば、心置きなく従魔と主は親密な夜を過ごせるのではないかと思いまして」

「そうなのね……」

パティの説明を受けたことで、なぜだかふと自分が3歳でお母さんと引き離されたことを思い出す。

今思えば、最後の夜はお母さんと色んなことを話したり、抱きしめられたりして過ごしたかったのだけれど、あの時の私は突然の話に動揺し、せっかく与えられた一晩を、ただ泣いて過ごしてしまった。

そのため、あの夜のことは、『もっとこうすればよかった』という後悔の気持ちとともに、ずっと残っているのだ。

それはとっても悲しい記憶だったため、引き離される従魔にしろ、従魔の主である騎士にしろ、同じように後悔の記憶として残してほしくないなと思う。だって……

「悲しくて寂しい気持ちは残らない方がいいわ。そのお手伝いができるのならば、もちろん、緑の回復薬を差し上げるわ」

「シャーロット聖女、ありがとうございます！　つきましては」

「ローズ！　ああ、お前を手放してしまうオレの不甲斐なさを許してくれ!!」

突然、パティの声を遮る形で、野太い声が従魔舎の中に響いた。

びっくりして声がした方に顔を向けると、立派な体格の騎士が一頭の魔物に縋りついていた。

「あの騎士は……」

見覚えがあるような気がして、誰だったかしらと考えながらその騎士を見つめていると、パティが戸惑ったように目を瞬かせる。

「偶然でしょうけれど、絶妙なタイミングですね。……シャーロット聖女、紹介させていただきます。今、大声を出したのが、我が団の副団長であるギディオンです。そして、彼が縋りついているのが、彼の従魔であるフラワーホーンディアで、来週保養施設に送られる鹿型の魔物になります」

「えっ、あの魔物はどこか悪いの？」

魔物の立ち姿に不自然なものはなく、一見元気そうに見えたため、思わず質問する。

すると、パティは困った様子で眉を下げた。

「それが、最近耳を悪くしまして、全く音を聞き取ることができないのです。……ここだけの話ですが、クェンティン団長がグリフォンの雛を飼い始めまして、副団長はその雛にやられたのだと主張しています」

「グリフォンの雛ならばこの間見たけれど、私よりも小さかったわ」

一方、ギディオン副団長の従魔は見上げるほどに大きく、とても小さな雛に負けるようには見えない。

「そうですね、副団長は虚偽を口にする方ではないので、述べられたことを信じているのだと思います。ただ、話の内容があまりに荒唐無稽なので、誰もが事実を把握できていない状況です。個人的には、雛が体の小ささを利用してフラワーホーンディアの耳をつつき、元々あった怪我が悪化したのではないかと推測しているのですが」

「それはあり得るかもしれないわね」

魔物のことは専門外だ。もしかしたら小さな雛が、大きな魔物に怪我をさせることがあるのかもしれない。

「いずれにしても副団長があの魔物を従えたのは随分前でして、非常に可愛がっておられましたから、離れるのが辛いようです。そのため、シャーロット聖女の回復薬をいただき、最後の夜をゆっくり過ごすことができると聞いたら、副団長は間違いなく喜ばれるでしょう」

「そうなのかしら……」

パティが示す解決策は真の救いにならないんじゃないかしら、と思いながら疑問の声を上げる。

けれど、パティは笑顔で肯定してきた。

「もちろんです！」

何かが間違っているような気がしたけれど、はっきりと言い切れる言葉を持たなかったため、無言のまま頷く。

それからしばらくの後、私は笑顔のパティと別れ、従魔舎を後にしたのだけれど、去り際にこっそりと振り返ってギディオン副団長を盗み見た。

すると、副団長は彼の従魔に縋りついて泣いていた。

その姿を見て、私は胸の中にもやもやとした感情が湧き上がってくるのを自覚したのだった。

◇　◇　◇

「シャーロット聖女、浮かない顔をしているが、何かあったのか?」

考え事をしながら城内を歩いていると、突然声を掛けられた。

びっくりして顔を上げると、デズモンド第二騎士団長が立っていた。

「あっ、ええと、フィーアを最近見かけないなと考えていて」

頭に浮かんでいたことをそのまま言葉にすると、デズモンド団長は顔をしかめた。

「あいつは今、特別任務中だからな。ちょっとばかし珍しい薔薇が見つかったんで、毎日、その花を見てはビビッと閃くかどうかを確認するという、世にも奇妙な任務に就いている」

デズモンド団長の説明を聞いても業務内容はさっぱり分からなかったけれど、フィーアにしかできない仕事をしていることは予想がついた。

そのため、フィーアは忙しそうだから、彼女に頼るという選択肢はなくなったわね、としょんぼりする。

すると、デズモンド団長が訝し気に尋ねてきた。

「フィーアに用があったのか?」

「いえ、その……以前、『星降の森』で手に入れた『丸緑(がんりょく)の実』がほしくて」

本当はフィーアにもう一度、『聴力回復薬』を作ってもらいたかったのだけれど、特別任務を受けているのであればとてもそんな時間はないだろう。

そのため、前回のフィーアの見よう見まねで、新薬を作製してみようと考えたものの、そもそも材料が足りていなかった。

『丸緑の実』以外の薬草は、王城内に生えているもので事足りるのだけど、と思わずぽつりと呟くと、デズモンド団長は気安い様子で自分の胸を叩いた。

「ああ、そんなことか。だったら、オレが採ってきてやろう。ははっ、これから2週間ぶりに休みを取る予定だが、あいにく時間帯は昼間だ。酒が飲める店が開くまでどうやって時間を潰そうかと考えていたところだったから丁度いい」

「えっ、それは悪いわ。あそこには強い魔物がたくさんいるから、どんな危険があるか分からないもの」

「ははっ、ご心配いただきありがたいが、オレにとってあの森は庭のようなもんだ。魔物を倒すことが目的じゃないし、植物を採取するだけなら大した危険はない。それに、『丸緑の実』がほしいということは、『聴力回復薬』を作ろうとしているんだろう？　前回、その薬を作ってもらったおかげで、オレは本当に助かった。オレと同じようにどこかの誰かが恩恵を受けるというのなら、協力するまでだ」

確かに前回、『丸緑の実』を使用して『聴力回復薬』を作製し、その薬によってデズモンド団長の耳が治ったけれど、今回、私が治療したいと考えているのは人ではなく魔物だ。

それに、前回の『聴力回復薬』はフィーアがほとんど1人で作ったので、彼女の助力を期待できない今回、成功する可能性は低いだろう。

「あの……私が治したいと思っているのは、第四魔物騎士団が従えている従魔なの。そして、前回はたまたま成功したけれど、あの薬を作るのは難しいから、失敗する可能性が高いわ。そんなことのために、デズモンド団長を危険に晒すことはできないわ」

困った気持ちでデズモンド団長を見上げると、団長は何か閃いた顔をした。

「だったら、人と同じくらい魔物を大事にしている騎士団長を連れていって、危険度を下げることにしよう。なあに、従魔用の薬を試作するのだと言えばあの男は付いてくるし、剣の腕は確かなので、2人で行けばほとんどリスクはない」

「え、あの……」

デズモンド団長が仄めかしている騎士団長が誰のことか分からなかったため、新たな人物に迷惑をかけるわけにはいかないとおろおろしてしまう。

けれど、その間に、話は終わったとばかりにデズモンド団長は片手を上げると、颯爽と去っていってしまった。

「……どうしよう」

今さらどうしようもできないことは分かっていたけれど、残された私は困った気持ちで、その場に立ち尽くしていたのだった。

けれど、それからわずか数時間後。

先ほど別れた姿と全く変わらない様子のデズモンド団長が、ぎっしりと詰まった一抱えの袋を手土産に、私を訪れてくれた。

「約束の『丸緑の実』だ。薬作りに失敗してもいいようにたくさん採ってきたから、遠慮せずに使ってくれ。ちなみに、森まで往復したことでいい腹ごなしになったから、今夜の酒は美味くなりそうだ。必要ならば、また採ってくるから言ってくれ」

魔物がいる森に入ったのだから怪我をしていないかしら、と心配でじろじろと眺め回したというのに、デズモンド団長は嫌な顔一つしなかった。

それどころか、必要であれば再び協力すると、朗らかな調子で申し出てくれたのだからいい人だ。

「あと、一緒に森に行ったクェンティンから伝言だ。『我が団の魔物のために、尽力いただき感謝する』とのことだった。あいつは魔物を大事にしているから、シャーロット聖女の薬作りの成否にかかわらず、魔物のために薬を作ろうとしてくれたこと自体に感謝しているんだ」

さらにデズモンド団長は、私が失敗しても気にすることがないようにと気を遣った、それでいて、私の行為を認めてくれる言葉をくれた。本当にいい人だ。

「ありがとうございます」

その気持ちが嬉しくてお礼を言うと、礼は不要だとばかりに、デズモンド団長は首を横に振った。

「騎士仲間の従魔のために薬を作ろうと試みてくれているんだ。こちらこそ感謝する」

その後すぐに、私は『緑の泉』を訪れると、『聴力回復薬』作りに必要な薬草を摘んでいった。

それから、前回のフィーアの行動を思い出しながら、慎重に小瓶の中に薬草を詰めていく。

驚くべきことに、前回のフィーアは薬草の量を一切量らなかった。

そのため、それぞれの薬草の正確な分量が分からないと弱気になったけれど、今この回復薬を作ることができるのは私しかいないのだから、と自分に言い聞かせる。

前回、フィーアと一緒に薬を作った時は、私の魔力量では全然足りなかったため、フィーアが多くの魔力を流してくれた。

そうであれば……と、薬草の量を思い切って少なくする。

フィーアが作ったのは、1回の内服で完全に聴力を回復する素晴らしい薬だ。

今の私にはそれと同じものは作れないけれど、分割すれば何とかなるのじゃないかしらと考えたのだ。

ギディオン副団長の魔物が保養施設に送られるまであと1週間ある。

だから、焦らずに少しずつ薬を作って、少しずつ回復させられるかどうかを試してみよう。

私は手の中の小さな瓶にありったけの魔力を流すと、全力で『聴力回復薬』作りに努めたのだった。

それから30分後。

作りたての薬を持って従魔舎を訪れると、建物の前にギディオン副団長が立っていた。

彼の従魔に『聴力回復薬』を使用する許可がほしいと思っていたので、ちょうどよかったわと思いながら駆け寄る。

すると、ギディオン副団長も慌てた様子で走ってきて、私の目の前で立ち止まった。

間近で対峙したギディオン副団長は、見上げるほどに体が大きくて顔もいかつかったため、緊張を覚えてぎゅっと手を握り締める。

私はこれから、この何倍も年上の怖そうな人に、『あなたの大切な従魔に効果が不明な薬を飲ませていいですか』とお願いしなければいけないのだわ。

私は緊張を和らげようとごくりと唾を飲み込むと、思い切って口を開いた。

「「あの！」」

ギディオン副団長と声が重なったため、びっくりして顔を見合わせる。

副団長は目を真ん丸にしており、そのことで、顔立ちの険しさが薄まったように思われた。

「あっ、失礼しました！　お先にどうぞ!!」

しかも、副団長は発言の優先権を譲ってくれる。

少しだけ緊張が和らいだ私は、勢いがついているうちにと、言いたいことを急いで口にした。

「あなたの従魔が耳を悪くしていると聞いたの。効果があると思われる薬を精一杯作ってみたのだけど、実際に製薬に成功したかどうかは分からないわ。でも、悪い効果はないはずなので、飲ませてみてもいいかしら？」

「はい、ぜひよろしくお願いします!!」

ギディオン副団長は間髪をいれずにそう言うと、深々と頭を下げた。

あまりにスムーズに話が通ったため、デズモンド団長かクェンティン団長が先回りして、話を通してくれたのじゃないかしらと思い当たる。

ギディオン副団長は顔を上げると、眉をひょいっと下げて弱々しそうな表情を浮かべた。

「シャーロット聖女、ありがとうございました。デズモンド団長とクェンティン団長から、シャーロット聖女がオレの従魔のために、難しい特別な薬を作ってくれたとうかがいました。成功したら嬉しいですが、失敗したとしてもその行為に感謝します」

「えっ、いえ、とんでもないわ！」

まだ何も効果が出ていないのに感謝の言葉を口にされ、びっくりして目を丸くする。

それから、何も分からないうちから感謝されるほど、聖女に対する世間の期待は大きいのだと改めて思い知らされ、身の引き締まる思いがした。

「あの、全力でできるだけのことはするので、よろしくお願いします」

そう言うと、私はぺこりと頭を下げた。

その日から毎日、朝と昼と晩に『聴力回復薬』を作っては、出来上がったばかりの薬を持って従魔舎を訪れ、耳の聞こえないフラワーホーンディアに飲ませることが日課となった。

ギディオン副団長は役職持ちの騎士のため、とても忙しいはずだけれど、私が薬を飲ませる時は必ず同席してくれた。

それから、薬を飲ませ終わった後に、私に向かって頭を下げる。

その行為から、彼が自分の従魔をものすごく大切に思っていて、祈るような気持ちで聴力が回復することを望んでいるのが伝わってきたため、私も毎回、『どうか耳が治ってください』とお祈りしながら薬を飲ませていた。

恐らく、ギディオン副団長はデズモンド団長から話を聞いていたのだろう――――デズモンド団長自身が耳に問題を抱えていたけれど、1回の服薬で完治したという話を。

なぜなら毎日3回の服薬が必要だと説明した時と、1回目の服薬で従魔が回復の兆しを見せなかった時に、ギディオン副団長は失望した様子を見せたのだから。

きっとあの時に、『デズモンド団長の時とは薬の種類が異なるし、この薬では効果が出ないようだ』と、副団長はがっかりしたに違いない。

けれど、私の視線を感じ取った副団長は、必死で自分の感情を抑えつけると、にこやかな笑みを浮かべようと努力していた。

あまり成功してはいなかったけれど、私に気を遣おうとするその人柄に温かさを感じた。

そして、こんなに優しい騎士が大切な従魔と引き離されることがないようにと、私はますます『聴力回復薬』の作製に全力を傾注したのだった。


薬を飲ませ始めてから4日目の朝、いつものように薬を飲ませに行くと、ギディオン副団長が神妙な顔をして従魔舎の前に立っていた。

副団長は私に気が付くと、ものすごい勢いで頭を下げてくる。

何事かしらとびっくりしていると、ギディオン副団長は顔を上げ、涙目で私を見つめてきた。

「昨夜、従魔が夕食を食べるのを見守った後、皿を片付けようとしたんですが、その際、過って床に食器を落としてしまったんです。そうしたら、オレの従魔がびくりと体を強張らせました！　ありがとうございます!!　あの子は大きな音が聞こえるようになったんです!!」

「本当に？　ああ、よかったわ！」

これまで薬が効いているかどうかについて、何一つ確認ができていなかったため、はっきりとその効果を確認できたと言われたことに嬉しさを覚える。

私はギディオン副団長の手を握り締めると、興奮して大きな声を出した。

「あと3日、頑張って治療していきましょうね！」

「はい！　はい、シャーロット聖女!!」

ギディオン副団長は私の何倍も大きな声を出すと、何度も何度も頷いていた。

その日から、薬の効き目が目に見えて表れるようになった。

少しずつではあるけれど、日一日と、フラワーホーンディアは音が聞こえるような素振りを見せ始めたのだ。

そして、治療を開始してから7日目の朝、ギディオン副団長の従魔は完全に聴力を取り戻し、私や副団長が聞こえない小さな音ですら拾えるようになった。

「すごい！　すごい！　オレのローズが完全に聴力を取り戻した!!　これで、どこにも行かずに済むぞ!!　また一緒に過ごせるんだ!!」

ギディオン副団長は涙を流しながら、従魔に抱き着いていた。

一方のフラワーホーンディアも、嬉しそうに鼻先を副団長に押し付けており、喜んでいる気持ちが伝わってくる。

そんな彼らを見てじんと感動していると、最後の服薬を見届けに来たデズモンド団長とクェンティン団長、パティの3人が、感服した様子で私を見つめていることに気が付いた。

私と目が合うと、デズモンド団長が口を開く。

「シャーロット聖女、あなたは素晴らしいな。前回に引き続き、二度も登録されていない新たな薬作りに成功したのだ」

「えっ、いえ、そんなすごいことは」

慌てて否定しようとしたけれど、デズモンド団長は大きく首を横に振ると、私の言葉に自分の言葉を重ねてきた。

「オレの耳を治してもらった時は、オレ自身が興奮し過ぎていて、冷静にこの偉業を捉えることができないでいたが、今はっきりと理解した。同じ症状を2回治療できたのだから、その薬の効果は本物だ。君はこれまでこの世になかった薬を作り出したんだ」

違うわ、この薬を作り出したのはフィーアだわと思ったけれど、彼女は聖女であることをひた隠しにしているので、何も言うことができずに口を噤む。

すると、今度はクェンティン団長が感謝の眼差しで私を見つめてきた。

「シャーロット聖女、感謝する。ギディオンはこの2週間、ほとんど食事を取れていなかったし、眠れていなかった。あいつにとって、あの従魔は家族も同然なんだ。ギディオンがどれだけ従魔を大切にしているかを知っているから、あいつの従魔が健康体に戻ったことが我がことのように嬉しい」

それから、クェンティン団長は複雑そうな表情で言葉を続けた。

「それに、ギディオンの言葉を借りると、あいつの従魔が難聴になった原因はオレの雛らしい。オレの雛は小さいから、そんなことはあり得ないと突っぱねていたが、何度も同じ主張を繰り返されたことで、ギディオンの言葉を信じ始めたところだった。オレの雛は滅多にないほど優秀だから、もしかしたら何倍も大きなフラワーホーンディアを再起不能にすることだってあるかもしれないと。

そのため、ギディオンの従魔が回復してくれてほっとした」

ギディオン副団長を心配する言葉の中に、自分の魔物を自慢する言葉が交ざっていたため、この団長も魔物が好きなのね、と第四魔物騎士団の神髄を見た気持ちになる。

いずれにしても薬が効いて本当によかったわ、と胸を撫でおろしていると、最後にパティが目に涙を浮かべながら私の手を握り締めてきた。

「シャーロット聖女、本当にありがとうございます！　私がお願いしたのは、副団長と彼の従魔が最後の夜を心置きなく過ごすことができるよう、従魔を元気にしてほしいということで、まさかそれ以上の展開があるとは想像もしていませんでした。それなのに、シャーロット聖女は奇跡を起こしてくれたのです！　本当にありがとうございます!!」

「喜んでもらえて嬉しいわ」

皆の笑顔につられて、私も笑みを浮かべていると、扉口から聞き慣れた声が響いた。

「あら、皆さんおそろいですね」

振り返ると、フィーアが目を真ん丸にして立っていた。

「フィーア！」

嬉しくなって飛びつくと、私たちの後ろでデズモンド団長が呆れた声を上げる。

「ああ、とっくの昔におそろいだとも。というか、遅いぞ！　オレがお前を呼び出したのは30分以上前だ!!　いくら身長に比例した足の短さだとしても……げふ、ごほ！　な、何でもないです!!

興奮して口が滑りました」

　大声で苦情を言い始めたデズモンド団長だったけれど、途中で何かに気付いたかのように言い止すと、はっとした様子で顔を上げ、天井をきょろきょろと見回し始めた。

　けれど、心配していたものは何も見つからなかったようで、ほっとした様子で息を吐くと、片手で首元を押さえながら弱々しい声を出す。

「今日はシャーロット聖女がすごい偉業を達成した日だから、説教は止めておこう。いや、というよりも、そもそもお前はこれっぽっちも説教をされる必要がない、立派な騎士であることだしな。よし、聞いて驚け！　シャーロット聖女はオレの耳に引き続き、ギディオンの従魔の難聴を薬で治したぞ!!」

　デズモンド団長が得意気に言葉を発する間、私はいたたまれない気持ちでフィーアを見つめていた。

　全てはフィーアの偉業なのだから、手柄を取り上げられたことに不満を覚えているのではないかと心配になったのだ。

　けれど、そう考えたこと自体がフィーアに対して失礼なことだった、と反省するくらいフィーアは満面の笑みを浮かべると、嬉しそうに私を見つめてきた。

「すごいのね、シャーロット！　『聴力回復薬』を1人で作るなんて、あなたは優秀な聖女だわ。

そして、誰をも幸せにする聖女なのよ」

にこにこと微笑むフィーアの周りで、デズモンド団長、クェンティン団長、ギディオン副団長、パティの全員が笑みを浮かべている。

そして、フラワーホーンディアも嬉しそうにギディオン副団長にもたれかかっていた。

――ああ、そうだった。

フィーアはものすごく優秀な聖女で、そのうえ、優しいのだ。

だからこそ、躊躇（ためら）うことなく私に貴重な聖女の技を教えてくれるし、心から結果を喜んでくれる。

フィーアといることで、私は本物の聖女になっていくのだわ。

「ありがとう、フィーア」

間違いなく、私が浮かべた笑みはこれまでで一番輝いていたと思う。

フィーアといる日々はとても充実していて、そして、幸せだった。

【SIDEクェンティン】新米母はか弱い雛にたぶらかされる!?

「ふはははは、まずいな！　世界で一番かわいい子を産んでしまった!!」

つぶらな瞳でオレを見上げてくる小さなグリフォンの雛を前に、オレは庇護欲が掻き立てられるのを止められなかった。


——その日その時間、オレは執務室の椅子の上で、何かが普段と異なることを感じ取った。

しかし、何も感じ取っていないオレの鈍感な副官は、どうでもいい報告をぺらぺらと述べ続けていた。

「それで、第二騎士団のデズモンド団長から、王城の警備強化に協力をしてほしいとの要請がありました。そのため、翼付きの従魔を持つ騎士は…………あの、クェンティン団長？　聞いていますか？」

ギディオンが訝し気に尋ねてきた時、オレは両手で腹を押さえながら、一心に自分の体を見下ろしていた。

もちろん彼の報告を聞いているはずもない。

「ギディオン、静かにしろ！　……あっ、生まれる！　今から生まれるぞ!!」

不思議なことに、騎士服の内側に入れていた卵が動いたわけでも、温かくなったわけでもないのに、オレは卵から雛が生まれることを事前に察知することができた。

もしかしたらずっと腹に抱えていたため、なにがしかの絆ができていて、母としての勘が働いたのかもしれない。

（※注：クェンティンが卵の中の雛のエネルギーの動きを感じ取っただけです）

「えっ、生まれるんですか？　今ここで!?」

書類を持って右往左往する副官に、静かにするようにもう一度命じると、オレは慎重な手つきで騎士服の内側から卵を取り出した。

それから、脱いだ騎士服の上に卵を載せ、待つことしばらく……

「ああ、生まれた！　生まれたぞ!!　すごいな、こんなに厚い殻を自ら破るなんて、何て逞しいんだ!!」

両手を握り締めて待つオレの前で、濡れた黄色の羽毛をぺったりと体に張り付けた雛が、卵の中から顔を出した。

それから、つぶらな瞳でオレのことをじっと見上げてきたが、その瞳の丸くて可愛らしいことと言ったら例えようもなかった。

「ふはははは、まずいな！　世界で一番かわいい子を産んでしまった!!」

顔を緩めながらそう発言すると、後ろから恐る恐る覗き込んできたギディオンが失礼なことを口にする。

「へえ、これがグリフォンの雛ですか。思ったよりも普通ですね。黄色なので、変異種でも特別種でもないようですね」

「お前は！　この可愛らしさと高貴さが分からないのか!?　どう見ても世界に1頭しかいない、特別な雛じゃないか!!」

腹立たし気に言い返すと、ギディオンはひょいっと肩を竦めた後、さらに失礼な言葉を続けた。

「人の手を介して生まれたという意味では特別でしょうが、結局は母親から見捨てられた卵から孵った雛ですからね。そう能力が高い魔物というわけではないはずです」

「お前はこの子の前でぺらぺらと、何て酷いことを言うんだ！　聞いたこの子がどれほど胸を痛めるか分からないのか？　それに、この子の母親はギザーラではなくオレだ!!　そして、仮にこの子の出来がどれだけ悪かろうとも、オレが立派に育ててみせる!!」

「いや、普通種のグリフォンですから、オレが何をしゃべったとしても……はっ!?　ク、クェンティン団長、見ましたか？　今、雛がものすごく悪い顔で嗤いましたよ!!　えっ、変異種じゃないはずだし、そもそもまだ雛だし、人の言葉が分かるはずもないのですが、まるで人の言葉を理解したかのように愉悦に満ちた表情を浮かべました！　うわっ、オレはこの雛から何か邪悪なものを感じますよ!!」

ギディオンは話の途中で驚愕した表情を浮かべると、生まれたての小さな雛に明らかな濡れ衣を着せ始めた。

「こんないたいけな雛を相手に、何て酷いことを言うんだ！　生まれたてで、オレたちの声が聞こえているかどうかも怪しい状態だぞ！　感情だって、『空腹だ』、『眠い』といった基本的なものしか育っていないだろうに、愉悦に満ちた表情を浮かべるはずがないだろう！　完全にお前の見間違いだ!!」

オレは雛を騎士服で包むと大事に抱え込み、これ以上ギディオンの悪口を聞かずに済むようにと執務室を後にしたのだった。


オレはそのまま、ギザーラのもとに向かった。

「ギザーラ、お前の卵から雛が生まれたぞ！」

誇らし気に報告すると、ギザーラは顔を上げ、やはり誇らしそうに胸を張った。

「そうか、我の卵も孵った」

そう言うと、ギザーラは彼女の体にくっついているふわふわの物体を示してみせた。

そこには、オレの腕の中にいる雛よりも数倍大きな雛がいたため、ぎょっとする。

「お前が温めた卵の方が大きかっただけあって、随分雛も大きいな！」

どういうわけか、その瞬間、勝負に負けたような悔しさを覚える。

「しかも、その雛はお前と同じ変異種じゃないか！」

ギザーラにくっついている大きな雛は、雛ながら既にギザーラと同じ緋色をしていた。

比較をするものではないのだろうが、オレの雛はギザーラの雛より何倍も小さく、色も通常のグリフォンのものだ。

ああ、ギザーラの雛よりも弱く孵してしまったと申し訳なく思うと同時に、何としてもこの小さな雛をオレが守ってやらなければならないという強い気持ちが湧いてくる。

「確かに我の雛は変異種だが、お前のそれは……」

ギザーラはオレの腕の中から顔だけ出している小さな雛をじっと見つめると、珍しく言葉を途切れさせた。

「ああ、そうだ！　オレが抱いているこの雛は、お前の卵から生まれた！　高位の魔物は、親が子に名前を付けると聞いている。だから、この子に名前を付けてやってくれ」

しかし、ギザーラは考える様子で首を横に振った。

「いや、その子は既にお前を親だと見做している。お前が名を付ける方が、より大きな力を与えられるだろう。そして、その子は……どんな名を付けても名前に負けることはないだろうから、輝かしく誇れるような名前を付けてやってくれ」

「分かった！」

ギザーラはなかなかに難しい注文を付けてくるなと思ったが、雛の名前を付けるという誇らしい仕事を与えられたため、オレは満足してギザーラのもとを後にしたのだった。


しかし、意気込み空しく、名付けは簡単には進まなかった。

なぜなら考えても、考えても、オレの雛にしっくりくる名前が浮かばなかったからだ。

「輝かしく誇れるような名前だと？　オレにとって輝かしく誇れる人物と言えば……サヴィス総長だが、その名前をもらうべきか？　あるいは、フィーア様の名前でも？」

悩みながら雛に視線をやると、皿の水を上手く飲めなかったようで、周りの床がびしょびしょになっていた。

「大丈夫か!?　ああ、お前は水を飲むのが下手だな」

慌てて近寄っていき、両手で抱き上げると、雛自身がびしょびしょに濡れていることに気付く。

オレは慌ててタオルを取ると、力を込め過ぎないように気を付けながら雛を拭いてやった。

「体を冷やすと風邪をひくぞ。ほら、オレの服の中に入っていろ」

雛はオレの言葉が分かったかのように、するりとオレの首元から服の中に入り込む。

それから、腹のところで丸まってじっとしていた。

「お前はまだ赤子だからな。母親が恋しい時期なのだろう」

そう言うと、オレは服の上から雛をゆっくりと撫でたのだった。

◇

その日からしばらくの間、オレは服の内側に雛を入れて過ごした。

なぜなら想定していた以上に、雛が弱々しかったからだ。

「ギザーラが孵した雛より何倍も小さいし、不器用で臆病な性格をしている。1頭では水も上手く飲めないし、肉を噛み切れないから食事だってできない。以前、一度だけ1頭きりにしたことがあったが、本に挟まって動けなくなっていた。それ以来、恐ろしくて、二度と1頭きりにできやしない」

目を離すと、たちまち雛が死んでしまうような気持ちになるのだ。

ただし、あまり服の中に入れてばかりいると雛の運動量が不足し、正常な発育が阻害されると考え、最近ではオレが執務室にいる間は服から出して、部屋の中で自由に歩き回らせていた。

さらに、他の魔物に慣れさせるため、日に1時間ほどは監視を付けて、従魔舎で過ごさせるようにもしていた。

そんな生活に他の騎士たちも慣れてきて、上手く雛の面倒を見てくれていたはずなのだが……

「ク、クェンティン団長！　グリフォンの雛がオレの従魔を叩きのめしました!!」

このところ、ギディオンが被害妄想交じりの言葉を吐くようになってしまった。

先日は、雛が執務室で従魔に関する専門書を読んでいたと言っていたし、妄言甚だしいのだ。

「お前の従魔はフラワーホーンディアだろう！　オレの雛が敵うような相手じゃないし、そもそもオレの雛は臆病で、喧嘩をするような性質は持ち合わせていない」

「団長は騙されています！　その雛はおっそろしく強いし、勝気ですよ!!　雛の首に巻いているリボンがほどけかかっていたため、オレの従魔が過って踏みつけたんです。たったそれだけで、その雛はキレたんですから!!」

「雛が首に巻いているリボンは、オレからのプレゼントだ。ははは、お前はリボンを踏まれたことで怒ってくれたのか？　まさか何倍も大きな魔物を、そのくちばしでつついたわけではないだろうな」

笑顔で抱き上げると、雛は甘えるように胸元に顔をすりつけてきた。

どう見ても小さいし、幼いし、闘争心の欠片もない。

フラワーホーンディアと対峙したら、５秒も持たないだろう。

「ク、クェンティン団長、騙されないで目を覚ましてください……」

ギディオンはそう言うが、この幼い雛が人の言葉で書かれた書物を読めるわけはないし、自分より何倍も大きな魔物を倒せるはずもないだろう。

……あれだろうな。

最近、オレがグリフォンの雛に掛かり切りになっているため、ギディオンはもっと仕事をしろと言いたいのだろう。

「分かった、確かに最近のオレの仕事ぶりは褒められたものではなかったな。今から心を入れ替えよう」

きっぱりとそう言い切ると、ギディオンは慌てた様子で両手を振った。

「いや、団長の仕事ぶりは申し分ないですよ！　これまでが働き過ぎだっただけですし、今でも十分やるべき仕事は処理されていますから！　そうではなく、その雛を甘やかすのは止めたらどうですか、ということです。そいつは団長が思うよりも100倍逞しいですから、このまま外に放り出しても1頭きりで生きていけますよ」

「いや、それは無理だ！　この子はまだ自然界では生きていけない」

オレにくたりともたれかかる弱々しい雛を見ながらそう答えると、ギディオンはがくりと項垂れた。

「何てことだ！　団長が完全に手玉に取られている」

雛の手玉に取られているつもりは毛頭ない。が……

オレは腕の中にいる雛に視線を落とすと、心の中で独り言ちる。

……オレが四六時中、グリフォンの雛の面倒を見ているのは確かだ。

なぜなら、『出来の悪い子ほど可愛い』と言うのは本当だったからだ、と。

オレの雛は弱くて手がかかり、行く末が心配な分、親としての愛情を呼び覚まされるようだから。

いずれにせよ、この雛はオレが責任を持って成鳥になるまで育ててやる、と使命感に燃えていたところ、来訪者を告げられた。

喜ばしいことに、フィーア様と黒竜王様が雛の様子を見に来てくれたのだ。


1人と1頭の訪問を受けた時、オレは執務机に向かって書類仕事をしており、雛は床の上にだらしなく寝そべっていた。

その様子を見たフィーア様はオレに顔を向けると、心配そうな表情を浮かべる。

「このところ、クェンティン団長がグリフォンの雛にかかりっきりとの話を聞きました。根を詰め過ぎて、疲れていませんか？　それから、何か困っていることはありませんか？」

その言葉を聞いたオレは、何という優しさだと感動する。

これまで多くの者たちがオレの雛についてあれこれと口を出してきたが、オレ自身を心配してくれた者は1人もいなかった。

それなのに、フィーア様はオレのことを心配して来てくれたのだ！

「フィーア様は女神のようにお優しいですね！　いや、古(いにしえ)の大聖女様のように慈悲深いと言うべきか。誰もがこれほど弱々しい雛はさっさと見切りをつけろと言ってくるばかりだったのに、フィーア様はオレの心配をしてくれるなんて!!」

感激してとうとうと語っていると、話の途中でフィーア様が不思議そうに首を傾げた。

「……誰もがその雛を弱々しいと言うんですか？」

「ええ、これほど小さくて、何もできなければ無理もないですが。ああ、そう言えばギディオンだけは、オレがこの雛にかかずらっているのが気に入らないようで、『凶悪で邪悪』だと表現してきましたね」

そう説明している間にも、不器用な雛は倒した本の下敷きになったようで、羽根を数枚散らしながらぴーぴーと情けない鳴き声を上げていた。

「ああ、もうあいつは！　少々失礼します!!」

本の下から雛を救い出そうと、断りを入れて席を立つ。

そんなオレの様子を眺めながら、フィーア様と黒竜王様は雛についての会話を始めたが、雛を救うことに夢中になっていたオレの耳には、それらの声は一切入ってこなかった。

◇　◇　◇

「……フィーア、クェンティンは完全にグリフォンの術中にはまっているよ。あの雛は親以上の変異種、というかその上の特別種だ。だから、通常のグリフォンより何倍も強くて賢いのに、クェンティンは全然気付いていない。雛のあの出来の悪さは完全に演技だよ」

「うーん、私の目にも、あの雛が弱そうには見えないわ」

「そもそも体に内包しているエネルギー量が、そこらの魔物とは全然違う。色が付けばはっきり分かるだろうけど、滅多にない色になるはずだ。けど、おかしいな。クェンティンは野生の勘で相手の強さが分かると思っていたが、今回に関してはその鋭さが発揮されないみたいだね」

「雛への過保護モードが発動中だから、冷静な判断ができていないんじゃないかしら」

「おや、そもそもクェンティンはまだ、雛に名前を付けていないじゃないか。そのせいで、雛の体は小さいままだし、色も変わっていないんだよ。逆に、雛はその状況を利用して、弱者に擬態しているみたいだね。あのレベルだったら、生まれてすぐに人の言葉が分かるはずなのに、何も分からず何もできない演技をしているよ」

オレが雛を抱えてソファに戻ってきた時、フィーア様は不思議そうに首を傾げながら、黒竜王様に質問をしているところだった。
「どうしてそんなことをするのかしら？」
対する黒竜王様は、呆れた様子で返事をする。
「単純に、雛が全力でクェンティンに甘えているんだろう。甘え方は間違えているとしか言えないけど。ただ、これだけ懐いているのであれば、少なくとも懸念事項だった、雛がクェンティンを喰らう可能性はなくなったんじゃないかな」

フィーア様と黒竜王様から漏れ聞こえた話を聞いて、そう言えばそんな心配をしていたなと以前交わした会話を思い出す。

卵から孵った雛が変異種等の優秀な個体だった場合、雛が成長した時点でオレが食べられる可能性が高いと、事前に警告を受けていたのだった。

しかしながら、実際に生まれてきたのは普通のグリフォンだ。

そのため、オレが喰われる可能性はほとんどなくなったようだと安心する。

紅茶を注いでフィーア様に差し出すと、彼女はぎこちない表情でお礼を言った後、考えるかのような眼差しで見つめてきた。

それから、言いにくそうに口を開く。

「クェンティン団長はその……どなたかとお付き合いする場合は、慎重に相手を見極めた方がいいかもしれませんね。魔物の雛相手にこれほど騙されるのであれば、人間を……それも、大人の女性を相手にしたら、手こずりそうな気がしますから」

「騙される?」

オレがこのいとけない雛にたぶらかされていると、フィーア様はそう言いたいのだろうか?

そもそもオレは雛にたぶらかされてなどいないが、100万歩譲ってオレが雛にたぶらかされていたとしても、同じほどに人間の女性に心奪われる未来は想像できなかった。

そのため、オレは自信を持って胸を張る。

「その心配はありません！　たぶらかされてはいないものの、オレの心は既にこの子に鷲掴まれています！　そのため、人の女性に割く分は残っていません!!」

「あっ、そうですか……」

少々引いた様子のフィーア様に対して、呆れた様子の黒竜王様が言葉を被せてくる。

「自分のつがいよりも、魔物に傾倒するとしたら重症だね」

しかし、言葉とは裏腹に、黒竜王様の声は満足気だったため、オレの気持ちを理解してもらったように思えて嬉しくなる。

そのため、オレは喜びの気持ちのまま本心を吐露した。

「それに、この子がオレをたぶらかすくらい賢く育ってくれたら本望です!!」

「ああー……、そうですか」

「それは既に達成されているから、クェンティンがいつ気付くかという話だよね」

そんなオレの宣言に対して、フィーア様は同意とも反対とも諦めとも取れる言葉を呟き、黒竜王様は謎かけのような言葉を返してきたのだった。


――――後日、悩みに悩んだオレがやっと雛に名前を付けたところ……その途端に雛の体が大きく、色が深紫色に変化したため、驚愕して後ろにすっ転んだのはまた別の話だ。

あとがき

本巻をお手に取っていただきありがとうございます！

おかげさまで、本シリーズも9巻目になりました。

すごいですね、お付き合いいただきありがとうございます。


今巻で筆頭聖女とナーヴ王家の話が核心に近付いてきました。

この辺りはちょっと心情的に入り組んでいるので、意識して丁寧に書いているところがあります。

「展開を早く！」と望まれる方もいらっしゃるでしょうが、後から読んだら生きてくる伏線もあるので、このペースにお付き合いいただければ嬉しいです。


そして、今回もchibiさんに素敵なイラストで彩ってもらいました。

今回は初めて女性のみのカバーになっています。

大変素晴らしかったので、もっと早く試みるべきだったと反省しました。

chibiさん、いつも素晴らしいイラストをありがとうございます！


ところで、本編の中でフィーアがサヴィスに飲みたいドリンクを尋ねられ、リストも何もないところから自由に好きなものを選ぶのは、さすが王城仕様だと感心するシーンがあります。

私は王城でお酒を酌み交わした経験はありませんが、海外旅行をした際にビジネスクラスに乗ったことがあります（うう～ん、比べるのもおこがましいほどランクダウンした話です）。

予定していた飛行機が空港に到着していなかったため、代わりにということで、別便のランクアップした席が用意されたんですね。

エコノミークラスしか乗ったことがなかった私は、当然メニュー表の中からドリンクを選ぶことしか知りません。

そのため、フライトアテンダントの方に「何を飲まれますか？」と、メニューなしで尋ねられたことにびっくりしました。

周りを見回すと、乗客の皆さんは「ジンにライムを添えて」なんてカッコいいことを答えているのです。

うーん、うーんと精一杯考えた私は、「コーラにレモンを添えて」と私なりに頑張ったオーダーを出しました。ええ、漏れ聞こえてきた隣の人のオーダーをアレンジしました。もちろん出されたコーラはとても美味しかったです。

そして、こんなことでもないとビジネスクラスに乗ることはないだろうから、いい経験をしたなーと大喜びしていました。

が、人の価値観はそれぞれなので、会議に遅れそうな大企業の副社長から、「一便前の飛行機に乗せてくれないか」とチケットの交換を申し出られた友人は、あっさりと断っていました。

友人のチケットはエコノミー、副社長のチケットはファーストクラスだったにもかかわらずです。

「だって、オレが乗る便のフライトアテンダントさんは美人揃いだから！」

……なるほど。人の価値観はそれぞれです。

また、酔っぱらったフィーアが勤務終わりのサヴィスに遭遇し、「残業をたくさんしてくたびれているはずですよね。なのに、朝一番のようにぴかぴかのままだなんて、総長は一体どうなっているんですかね？」と驚く場面がありますが、私も同じ驚きを体験しました。

会社にて勤務終了の鐘が鳴った後、残業用の夜食でも買いに行くかと、とぼとぼと建物内を歩いていたところ、元気溌剌とした上司にばったり遭遇したのです。

「十夜君！」と私を呼ぶ声の元気なこと。

え、今って朝一番かな、と思うほどに上司は元気でした。

恐らく、今からフレッシュな気持ちで8時間働けるのだろうな、と思いながら立ち話をしたのですが、出てくる話が全て前向きな新規事業の話で、「ああー、外が真っ暗になってからする会話じゃないな。ホントにこんなに永遠に働ける人がいるんだ」と驚愕したことを覚えています。この時、上司は60歳一歩手前でした。

ちなみに、その上司は学歴を重んじる会社において、並みいる高学歴の方々をごぼう抜きして社内ナンバー4の席に座った、立身出世を絵に描いたような方です。

これまで社内に不文律としてあったルールを無視した出世ぶりだったので、「これくらいバイタリティーがあると、ルール自体を叩き壊すんだな」と心から感心したことを覚えています。

いや、もう本当に残業時間に元気溌剌と新規事業の提案をいくつもするって、生まれ変わっても無理ですわ。

ところで、前巻でお知らせしたようにキャラクター人気投票を実施しました。

「転生した大聖女は、聖女であることをひた隠す」「転生した大聖女は、聖女であることをひた隠すZERO」の2シリーズを対象としたのですが、ベスト10のうち8名までもが本編のキャラでした!! すごい人気ですね!!

なお、半月ほどの短い投票期間だったにもかかわらず、4633票もの得票をいただきました。

ご参加いただいた皆さま、本当にありがとうございます!!

また、たくさんのコメントや読みたい話のリクエストもありがとうございます!!

すごく嬉しかったので、コメントやリクエストを基に、本作登場キャラベスト6を主役にした話を書きました。どうか楽しんでいただけますように！

最後になりましたが、ここまで読んでいただきありがとうございます。

本作品が形になることにご尽力いただいた皆さま、読んでいただいた皆さま、どうもありがとうございます。

おかげさまで、多くの方に読んでいただきたいと思える素敵な1冊になりました。

お楽しみいただければ嬉しいです。

心ゆくまで
もふもふの海を堪能！

こんな異世界のすみっこで

ちっちゃな使役魔獣とすごす、ほのぼの魔法使いライフ

シリーズ好評発売中!

1巻特集ページはこちら!

いちい千冬　Illustration 桶乃かもく

尋常ではない召喚陣の輝き――
子鬼、子犬、小鳥、子猫、ハムスター。
ちっちゃいけど能力は桁違い!?
ほのぼのするけど、
いろんな意味で
規格外!?

毎月15日刊行!!

最新情報は
こちら!

もふもふとむくむくと
異世界漂流生活
メイドなら当然です。
濡れ衣を着せられた
万能メイドさんは
旅に出ることにしました
転生して
ハイエルフになりましたが、
スローライフは
120年で飽きました
駄菓子屋ヤハギ
異世界に出店します
ドイツ軍召喚ッ！
～勇者達に全てを奪われた
ドラゴン召喚士、
元最強は復讐を誓う～
偽典・演義
～とある策士の三國志～
生まれた直後に捨てられたけど、
前世が大賢者だったので余裕で生きてます
ようこそ、異世界へ!!
EARTH STAR
NOVEL
アース・スターノベル

転生した大聖女は、聖女であることをひた隠す 9

発行 ―――― 2023年10月18日　初版第1刷発行

著者 ―――― 十夜

イラストレーター ―――― chibi

装丁デザイン ―――― 関善之＋村田慧太朗（VOLARE inc.）

発行者 ―――― 幕内和博

編集 ―――― 今井辰実

発行所 ―――― 株式会社アース・スター エンターテイメント
〒141-0021　東京都品川区上大崎3-1-1
目黒セントラルスクエア　7F
TEL：03-5561-7630
FAX：03-5561-7632

印刷・製本 ―――― 図書印刷株式会社

ISBN 978-4-8030-1851-6